JN058648

「……ねぇ、さすがにこれだけ囲まれてたら
逃げる気もしないしさぁ～、
これ解いてくんない？
あとこの椅子硬いし不快だし」
「それくらい我慢なさい！
貴方、自分が何をしたか
分かってるんですか!?」
神達に拾われた男 9

エリーゼ
リエラ
ミシェル
エリアリア

ラインバッハ
ラインハルト
カナン
ミヤビ
公爵令嬢エリアリア、
家族にお友達を紹介中——

「ラインハルト。まさか彼は、お前の庶子か」

「ッ！　ゴホッ、グッ」

たまたま紅茶で喉を潤していた時。

ポルコの思わぬ一言で、
ラインハルトは咽せ返る。

The man picked up
by the gods

Roy

CONTENTS 9

The man picked up by the gods

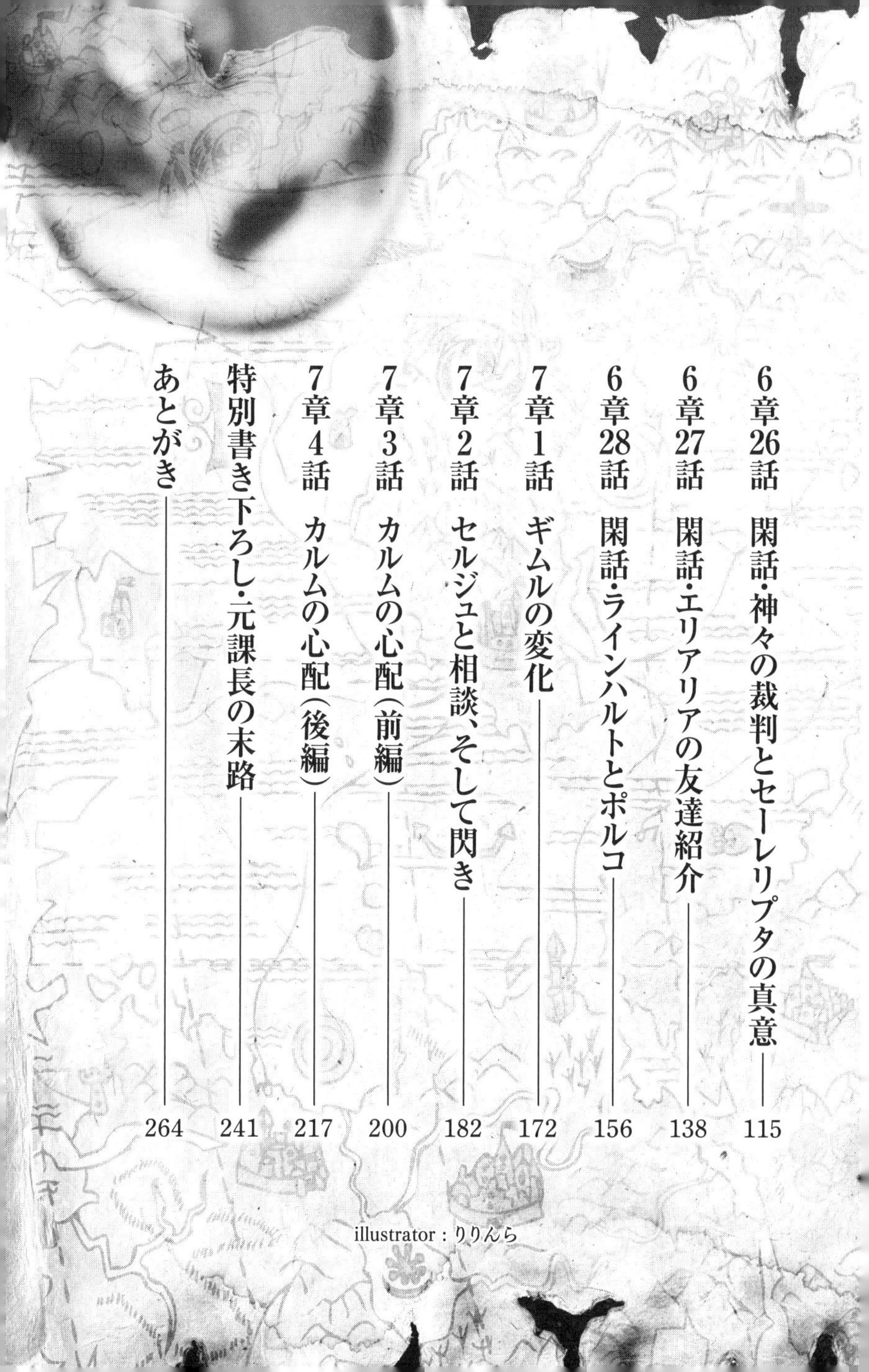

illustrator：りりんら

6章18話　ファットマ領の領主

翌日。

朝の漁を終えて、領主様との面会に備え、早めに昼食を済ませよう。

村の皆(みな)さんは事情を知っていたので、料理を出す順番も優先してくれた。

ありがたく先にいただき始めたが……正直、途中(とちゆう)から味はよくわからない。

一緒(いっしょ)に食べているカイさん達(たち)も同じようだ。

というのも……領主様、いるから、なぜか目の前に。

「ふぐっ、ムグ、うむ、美味(うま)い！」

なお領主様は豚人族(ぶたじんぞく)という種族だそうで、種族的な問題なのかかなりの肥満体型。だけど着物を着て頭には髷(まげ)まで結(ゆ)っているため、領主や貴族と言うより力士にしか見えない。そして彼(かれ)はその体型にふさわしく、丼(どんぶり)にたっぷり盛られた米と4人前はあるおかずを豪快(ごうかい)にかき込んでいる。

……何でこんな状況(じょうきょう)になっているのか、整理すると……

まず、領主様は船で、湖を渡って村を訪れた。

だけど、どうも風向きの関係か何かで、到着が早まったらしい。

出迎えた村長さんは、領主様を待たせるなんてとんでもない！　と、俺達を呼ぼうとした。

だが領主様は自分が約束より早く来てしまったのだからと、俺達を待つという。

そこで村長は、ただ待っていただくのは悪いから、お食事はいかがかと勧めた。

……結果、俺達はよく知らない貴族の領主様と昼食を共にすることになっていた、というわけだ。

ちなみに、領主という重要人物が1人で出歩くはずもなく、彼の左右にはそれぞれお付きの方が座っている。

片方は若くて侍風の装いに、右目を覆う仮面のような鱗。もう片方は領主様と同じく力士の装いに、両手首から手のひらの下半分を鱗が覆っているのが見えた。外見からして彼らはドラゴニュート。ドラゴニュートの里から技術者を招聘しているとも聞いたし、そちらから来た人物なのだろう。

「おかわり、お願い申す」

力士風の人も、領主様に負けず劣らず良く食べる……というか、護衛じゃないのだろうか？

侍風の人は何も食べずにじっと周囲に目と気を配っているから、彼だけが護衛なのか？

……よく分からないが、とりあえず昼食を食べてしまおう。

■■■

ということで、食後。

「ふぅ……いやぁ、実に美味かった。ここの女衆は料理が上手いのだな。礼を言う。それから村長。冬越しの蓄えが必要な時期だろうに、ここまでの歓待を感謝する。我ながら少々遠慮なく食べ過ぎたと思うのでな。後ほど食料を届けさせよう。少ないとは思うが、備えの足しにしてほしい」

「ありがたいお言葉にございます」

良い領主様とは聞いていたが、本当らしい。少なくとも自分達で食べた分は払うようだし、貴族であることを笠に着たり、歓待されて当然！　とか思っているタイプでもなさそうだ。

「さて、君達がこの村の防衛を担当している冒険者だな？　改めて、ここファットマ領の領主、ポルコ・ファットマ伯爵である。まずは防衛への助力、感謝する」

「もったいないお言葉です。な、皆」

シクムの桟橋、リーダーのシンさんが代表して応えるが、緊張しているのが明らか。

そんな彼らを見た領主様は、

「そんなに硬くならずに、普段通りに話してくれて構わんよ」

と、笑って許すと告げると、いくらか顔色も良くなった。

「ここ数年はマッドサラマンダーに限らず、魔獣が増加傾向にある。故に領外からも冒険者を招いていたのだが……今年はそれ以上に数が多かった……いくつかの村では人手不足で防衛線を突破され、根こそぎ獲物を持っていかれた村もあるのが現状だ」

……他の村ではそんなことになっていたのか。

「この村も同じく群れの脅威に晒されたと思うが、ただ守りきるだけでなく、他の村へ戦力を回してくれて助かった」

「領主様、それについては俺達ではなく……」

シクムの桟橋の５人がこちらへ視線を送ってくる。

「それについては聞き及んでいる。今回ここでは従魔術師の少年が特に大きく貢献したと。だが、それで他の者の働きがなかったことになるわけではない。協力ありがとう。そして君たちは正直者であるな！」

領主様がそう言って笑うと、５人は再び頭を下げた。

顔は見えないが、どことなく雰囲気が嬉しそうである。

「そして……その大きく貢献した従魔術師というのは君だね？」

「はい。リョウマ・タケバヤシと申します」

「うむ。村長から聞いたのだが、君は私への紹介状を持っているそうだね？」

「はい。ジャミール公爵家現当主。ラ――」

「ラインハルトの紹介状か⁉」

「⁉」

誰からの紹介状かを口にしようとした途端、領主様は驚いたように声を上げた。

その驚きようにこちらがびっくりだ。何か問題でもあるのだろうか？

「はい。アイテムボックスの中に保管してありますが、取り出してもよろしいでしょうか？」

「ああ、ぜひ見せて欲しい。気にせず魔法を使ってくれて構わない」

許可が出たので保管していた紹介状を取り出すと、領主様は自ら手を伸ばし、俺から紹介状を受け取る。

こういう場合、危険物などの可能性も疑って、一度お付きの人を経由するものらしいが、彼はあまり気にする様子がないな……

受け取った紹介状の封を開けて、食い入るように中身を読んでいる。

「むむむ……リョウマ君と言ったな？」

「はい」

「ラインハルトはこれを君に渡す時、何か言ってなかったかね？」

問いかけられて、受け取った状況を思い出してみる。

「……信用のできる人だから、何か問題があれば彼を頼るようにと。それだけです。よく考えると何か、言いづらそうにしていた気もしますが……」

「なるほど、言いづらそうか。なるほど……クッ、ハハハハ!!　――フゴッ！」

……一体なんなのだろう？

納得していたかと思えば、急に笑い出し、笑いすぎて豚のような鼻音まで出ている。

俺も意味が分からないが、付き人さんも含めて、周囲はより困惑している。説明が欲しい。

「ふ、ふふ、ふぅ。いやいや済まない。君は随分とラインハルトに大切にされているのだね」

　彼は少し落ち着くと、呼吸を整えてまた話を始める。

「この紹介状の内容は、君はジャミール公爵家が、技師として取り込みたいと考えているほど有能な人材だという説明。また、この紹介状を持って私を訪ねたということは、何か困っていることがあるだろうから手を貸してやってほしい、という依頼。そして、自分のところで声をかけた人材だから、私の所へ持って行かないでくれ、とも書いてある」

「そんなことが……」

「うむ。そもそもあのラインハルトが紹介状を書く、ということ自体が珍しいのだが、まさかその内容もこんなことになっているとは思わなかった。本当に、珍しいこともあるものだ」

　そう言って紹介状を見る領主様の表情は、とても優しいものだった。

　思わず注目しすぎていたのか、顔を上げた彼と目が合う。

「ん？　ああ、そうか。君は詳しく知らされていないのか。私は伯爵、ラインハルトは公爵。爵位は下の私があいつを呼び捨てにしているのが気になるかね？」

「いえ、そういう意味では……なかったのですが、言われてみればお二人の関係が気になってきました」

「君も正直であるな。一言で言うと、我々は学生時代の先輩と後輩なのだよ」

「！　なるほど、学生時代からお付き合いがあったのですね」

「さすがに公の場では立場をわきまえるが、私的な場では名前で呼び合う程度には親しい。だがそれだけに、私はあいつの昔の失敗や、恥ずかしい思い出もいくらか知っている。

　大方、学生時代の話をしなくて済むように。触れられたくなくて、詳しく話さなかったんだろう。あいつはあれで意外と格好をつけるところがあるからな」

「そう、なのですか？」

「そうだとも。あいつの置かれた環境を考えれば、仕方のないこととも言えるがな……なにせラインハルトはかの有名な炎龍公爵こと、ラインバッハ様の息子だ。ラインバッハ様の偉業については」

「神獣と契約した、というお話ですね」

「その通り。ラインハルトは偉大な父を持つが故に、在学中は常に〝あの方の息子〟ともてはやされ、あるいは比較され、とにかく不自由な生活を送っていた。貴族としては、些細なことでもみっともない姿は見せられなかったのだ」

「そうだったんですか……」

「おかげで心を許せるような友もほとんどいなくてな。たまたま私も同じ、優れた父と比べられる悩みを……もっとも私の場合はあいつより大分マシではあったが、抱えていた。

だからかラインハルトとは不思議と気が合い、相談をしたりするようになってな。今思えば、良い思い出だ……っと、いかんな。これではいつまで経っても終わらん」

「大変興味深いお話を、ありがとうございました」

「うむ。この話はまたの機会にしよう。だが、これで確信した」

？　何をだろうか？

「多数のスライムを使役する従魔術師であり、ラインハルトと親しい人間。そして名前がリョウマ・タケバヤシ。確認だが、君はギムルの街で洗濯を請け負う店を開いてるのでは？」

「はい。確かにその通りです」

「やはり！　君が〝麦茶の賢者〟なのだな！」

……Ｗｈａｔ？

テーブルに身を乗り出して、領主様は興奮しているようだ。

だが、俺の頭は困惑で満たされた。

「麦茶の賢者とは……」

「〝セムロイド一座〟という旅芸人の一団を知らんかね？」

セムロイド一座！

「それなら知っています。今年の夏頃、ご縁がありまして」

「そうか、ならば間違いあるまい」

領主様の話によると……

最近、取引先を失って貧しくなった農村に、麦茶という新しい飲み物の製法を伝えて村を救った賢者の話をする吟遊詩人がいる、と言う噂を耳にした。興味を持って調べてみたら、その吟遊詩人は近くの街にいたため、自分のいる街に呼んで歌を聞いてみた。

その後に話をしたところ、歌には創作の部分もあるが、麦茶の製法を伝えた人物がいること、それによって救われた村があることは事実だと言われた。

そんな人物がいるなら相談したいことがあり、詳しく聞くと、知人であるラインハルトの知り合いだという。後日ラインハルトに連絡を取って、その人物を紹介してもらおうと考えていたところ、それらしき人物（俺）が、自ら自分の領地に来ていたことを知った。

だから謝礼の件もあってちょうどいいと思い、直接会いに来た。

……と、いうことらしい。

まさかセムロイド一座が、この近くにも来ていたなんて。そして吟遊詩人のプレナンスさん……麦茶のことを歌にすると言ってたけど、本当に歌にしたのか。それが領主様の耳に入って、俺と会うことになるなんて、世間は狭いということだろうか……まぁ、元気そうで良かった。

しかし、領主様の相談とは何だろう？

「相談したいことは2つ。だがあまり深刻に考える必要はない。もし可能であればという程度のことなので、断ってくれても良い。

まず1つめだが……この領の名物となる料理を作りたいと考えている」

「名物料理。だから麦茶の話で」

「うむ。父の代から道が整備されたことにより、領内を行く人が増え、経済も活発化しているからな。魚以外の名物が欲しい。尤も、料理なのは私が美味いものを食べたいからでもあるがね」

軽く笑って自分の腹を叩く領主様。どうやら見ての通り、食べることが好きなようだ。

「領内の街や村へも広く触れを出していて、既に数多くの意見やレシピが提案されている。しかし、これぞ！　という一品が見つからなくてな……他とは違う視点からのヒントや、良い料理のアイデアをもらえれば助かる。

そしてもう1つの相談は洗濯屋としての依頼になるか……ここからだと湖を越えた先になるが山があり、その山頂付近には我が父が生前、大層気に入っていた秘湯、そしてわざわざ山の上に作らせた小屋がある。そこの掃除を頼みたいのだ」

「？　普通に人を雇うのでは、いけないのですか？」

「それがな……父の死後は私が仕事の引継ぎなどで忙しかったこともあり、長いこと温泉と小屋の管理を怠っていたのだ。そのうちに積もり積もった汚れが固まってしまい、何度掃除を頼んでも落ちなくなってしまった汚れがある……どうだろう？　君なら落とせるか？」

「汚れには色々と種類がありますから、実際に見てみないことにはなんとも言えませんね……」

　たしか、明日は漁のない日だ。

「もしよろしければ、明日その小屋を見に行ってもいいでしょうか？　そして可能ならそのまま掃除をさせていただく、ということで」

「引き受けてくれるか！　では案内人を用意しておこう。それから掃除ができたら小金貨10枚を支払おう」

　風呂掃除で小金貨10枚。破格の報酬に周囲もざわめく。

「それは少々、多過ぎるのでは？」

「確かにそうかもしれん。だがそれでいい。頑固な汚れだということもあるが、あの小屋は私にとって父の形見のようなものなのだ」

　口ではサラリと言っていたが、視線が僅かに下がっている。

「承知いたしました。成功すれば多くいただけるのですから、文句などありません」
こうして俺は領主様からの依頼（温泉掃除）を快諾。
すると領主様は満面の笑みで礼を言い、そして帰っていった。
思い返すと、最初は緊張もしたが、結構あっさりと終わった印象。
紹介状を持っていたとはいえ、初対面の相手ならこんなものか。
……あの力士の格好について、聞きたかったたな……
大勢の村人に交ざり、領主様の乗る船を見送りながら、俺はそんなことを考えていた。

6章19話　温泉掃除（前編）

次の日の朝。

俺は領主様から受けた温泉掃除へ向かうため、案内と手伝いを買って出てくれたシクムの桟橋の皆さんと一緒に、まだ薄暗(うすぐら)いうちから湖を渡る小舟(こぶね)の上にいた。

「カイさん、操船できたんですね」

「こんなのうちの村に住んでたら誰でもできるさ。だよなぁ？」

「ここら辺で一番使う移動手段といったら、やっぱり船だからね」

「大きな街に買い出しに行くのも、病人を隣村(となりむら)まで運ぶのも、船が一番速くて便利だからね。漁師じゃなくても子供の頃(ころ)に船の操(あやつ)り方は大人に教わるんだよ」

「なるほど」

土地によって交通手段も色々だ。

「リョウマ、あれ見てみろよ」

セインさん？　なんだろうかと思いつつ、視線の先を追ってみると。

「あっ、あれって確か、〝ヤドネズミ〟でしたっけ？」

ここに来た初日、クイさんに村を案内してもらい、教えてもらった湖にすむ魔獣。姿はラッコやビーバーのようで可愛らしい。それが7匹、いや8匹ほど集まって、木や枝を組んで作った筏のような巣を押して運んでいる。

「あいつらがああやって巣を運び始めたら、あと少しでマッドサラマンダーの群れが来なくなって、漁期も終わるって合図なんだ」

「へぇ、そうなんですか」

「彼らはマッドサラマンダーが川を遡上してくる〝波〟の終わりが分かるらしい。そして波が終わる頃に、あの巣を湖から下流へ流れる川の入り口あたりに固定して冬を越す」

「まだ波があるうちに巣を固定すると、マッドサラマンダーの大群に押しつぶされるからね。上手い具合に遡上するマッドサラマンダーが巣を壊さない程度に減るまで待って、彼らは巣を固定するんだ」

ペイロンさんとシンさんの補足も加わって、より理解が深まった。

生息している魔獣の動きを見て、漁期の終わりや始まりを判断しているのだろう。

マッドサラマンダーの波があと少し。つまり、討伐もあと一息。

そして同時に、ここでの生活も終わりが近い、ということ。

……やり残したことのないように、日々を大切に生きていこう。

■　■　■

それからさらに、雑談をしながら湖を渡ること30分。

大きな街の港に到着したようだ。

浜辺の設備はシクムの村と大差ないが、浜辺にある桟橋の数や加工場の大きさが段違い。

さらに他所の村から買い物に来ている人も多いのだろう。まだ朝早いのに、常にたくさんの船が出たり入ったり。人が多くて活気があるし、浜辺の先に見えている街には大きな建物も見える。

「オーイ！」

桟橋には先ほどから、湖上の船に声をかけ、片手サイズの旗を振る男性がいる。様子を見ている限り、交通整理をやっているらしい。操船しているカイさんも彼の指示に従い、空いていた桟橋に停泊した。

「おし、降りていいぜ」

「ありがとうございました」

「う～、寒い寒い」

「早朝の船の上はさすがに冷えるな」

「屋台でスープでも飲むか」

もう冬のような日の早朝、さらに船旅で冷えた体を暖めようというペイロンさんの提案に、反対する人は誰もいなかった。

そして同じことを考える人が多いのだろう。浜辺から街へ入ってすぐの大通りには、暖かいスープや煮込み料理などを売る屋台が多く立ち並んでいる。その数ざっと見ただけでも60以上……こうなるとどこで食べようか迷ってしまいそうだが、シクムの桟橋の皆さんは、迷うことなく歩いて行く。

「皆さん、どこで食べるか決めているんですか？」

「ん？　あ、そうか。リョウマ君は知らなかったよね。実はうちの兄さんがやってる屋台があるんだよ。だからここに来るととりあえず食べに行く、って感じかな」

「なるほど」

話をしている間に到着したようだ。

皆さん顔見知りだからか、軽い挨拶と注文を済ませると、すぐに話題はお互いの近況に。

流れで俺も紹介してもらい、温かい煮込み料理をいただく。屋台向けに味付けや具材を少し変えているようだけれど、ケイさん達のお兄さんというだけあって、なんとなくお袋さんの味を思い出す煮込み料理だった。

そうして体を温めたら、後は一直線に目的の領主様の館へ向かう。

■■■

乗り合い馬車を使って20分ほどで到着。

領主様の館は浜辺から大通りに沿って、文字通り一直線に進んだ先の行き止まりに建っていた。建物は豪邸だ。ごく普通の豪邸……と言うのは変かもしれないが、少なくとも公爵家のようなお城ではない。

良く言えば質実剛健かもしれないが、飾り気がなく。

とても大きいけれど、あまり威厳を感じない。

レンガと泥で造られているようだけど、なぜか団地のような雰囲気があった。

そんな建物の周囲にはぐるりと柵が巡らせてあり、門の前には豚人族の衛兵が立っている。

用件を伝えると、

「お話は聞いています。すぐに担当者を呼ぶので、お待ちください」

と丁寧に対応してくれて、すぐにその担当者らしき男性が出てきた。

「お待たせしました、あなたがリョウマ・タケバヤシ様。そして〝シクムの桟橋〟の皆様ですな。私はピグーと申します。本日はよろしくお願いいたします」

『よろしくお願いします』

彼は見たところ、50～60代……あるいはそれ以上か？

はっきりとはわからないが、結構なお歳ではないだろうか。

なお彼も豚人族で肉付きがよく、垂れた頬のせいか柔和なお爺さんっぽい。

彼は問題の温泉がある山までの足として、伯爵家所有の馬車を用意してくれていたそうなので、早速乗り込んで出発。

そこから問題の温泉がある山までは1時間もかからずに到着したのだが……

「うおっ！」

「セイン！」

「心配ない！　滑っただけだ！」

「もー、気をつけてよ」

「急斜面だからな。転んだら一気に落ちるぜ」

「申し訳ありません……昔は……もっと歩きやすい道も、あったのですが……」

「……シン、皆。休憩を提案する」

「そうだね。そうしようか」

山のふもとから問題の温泉までは、最初こそ整備された階段があったものの、途中からは急斜面の登山が3時間ほど続き……ようやく、といった感じで到着した場所には、

「ここが依頼の温泉ですか？」

「なんか、想像してたのと違うよね」

ケイさんの言うとおり、温泉らしき匂いと水音。加えて湯気が立っているのが見えるけど、建物は物置のような汚れた小屋が1つだけ。

「ええ、そうでございます。ふひぃ……ここを作られた先代様は、余計な飾り物を好みませんでしたので。このような小さな小屋1つで十分だと言って……」

「とりあえず中を見せていただきましょうか。その間、ピグーさんは休んでいてください」

「かしこまりました。鍵はこれです。中は狭いですし、私はそこにいますので、何かあればお呼びください」

やはりというか、お歳を召した彼には厳しい道のりだったようだ。彼は建物の入り口横にあった草の塊？　いや、よく見るとつる草が絡んだ古いベンチに座って休み始める。

こちらは受け取った鍵を使い、小屋へ。

「……」

中は本当に狭くて、俺とシクムの桟橋の皆さん――大人5人と子供1人が立った状態でギリギリ入れるくらいだ。先代の領主様の体格は知らないが、相撲取りサイズの領主様を基準に考えると、本当に1人用かつ最小限のスペースに思える。

中にあるものも、脱衣所として脱いだ服を入れる籠と休憩用の椅子。あとは、手書きの地図らしきものが壁にかけられているだけ。物はほとんどないし、汚れもほこりや蜘蛛の巣程度。

「ここの掃除は問題なさそうですね。となると問題はこの先の」

入って正面。奥へと繋がる扉を開くと、小さな階段。

それを3段降りた先が広々とした露天風呂になっていた。

けれど……

「おー……」

「これは酷いな……」

「お世辞にも綺麗とは言えんな」

背後から覗き込んだシンさんとペイロンさんの言う通りだ。

まず、この風呂はこの場所に浴槽を作り、源泉からお湯を引いているんだろう。

ざっと見た感じ、かけ流しの湯が常に浴槽に流れ込み続け、浴槽から溢れた湯はそのまま床を通り、排水用に彫られた溝を通って外に出される構造になっている。

ただ、現在は外から大量に吹き込んだ落ち葉や枝により、排水用の溝がつまっているようだ。おかげで排水が滞り、流れのないお湯からは温泉の硫黄臭とはまた違う悪臭が漂っている。

さらに問題はそれだけではなく、

「炭酸カルシウムの結晶に、鉄分も含まれているのかな？」

堆積物が浴槽にびっしりと、あふれ出た床全体にもぶ厚い層を成している。あとは洗い場の鏡などにも茶褐色の塊がこびりついているし、壁にもところどころ同じ色の手形がついている。これらの汚れは温泉成分が固まったものなので、そう簡単には落とせない。

「とりあえず、できることから始めますか。『ディメンションホーム』」

スカベンジャースライム達に出てきてもらい、露天風呂に溜まった落ち葉や枝ごとお湯を飲んで処理してもらう。

「詰まっている排水溝は念入りに頼むよ」

『！』

スカベンジャー達から了解の意思を受け取って、一旦外へ。

すると、入り口横にいたピグーさんが不安そうに声をかけてきた。

「おや、どうされましたか？」

「浴室のお湯を抜いていますので、その間に次の準備を」

「そうでしたか。……掃除、できますでしょうか？」

「そうですね……おそらくお困りなのは壁や床に固まったものですよね？」

「仰る通りです。私も掃除を試みたことはありますが、何度試してもあの塊だけは取れませんでした」

やっぱりな。

温泉に含まれた成分が温度や圧力の変化で析出し、固形物になり沈殿したもの。いわゆる温泉沈殿物は、温泉独特の景観を作ったり、趣をもたらすとされている。

だけどその反面、さっきの湯船や床のような場所にも付着したり、配管を詰まらせたりもするため、日本の温泉でも厄介とされていた。

ピグーさんは悔しそうな顔で、こすり洗いをするジェスチャーをしているが、ただこするだけでは難しいはずだ。

「今から、即席ですが、それを除去するための液体を作ります」

「なんと！　そんなものがあるのですか⁉」

「即席ですので、上手くいけばいいんですが」

まずは土魔法で薬剤の入れ物となるツボを生成。

さらにディメンションホームからスティッキースライム達とアシッドスライム達を呼び出して、粘着液と酸を吐いてもらう。

「ここの露天風呂で固まっていたのは炭酸カルシウム。貝殻みたいなもので、酸に弱いんです。だからアシッドスライムの酸で溶かせると思いますよ」

「本当ですか！」

「おそらくは」

酸性洗剤の代わりにアシッドの酸をぶっかければ結晶は溶けるだろうけど、そのままだと酸が強すぎて、結晶の下にあるお風呂の壁や床まで傷めてしまう恐れがある。だからスティッキーの粘着液で希釈しつつ、粘度を上げられるかも様子を見ながら調整。

……このくらいか？

「ちょっと実験してみますね」

アシッドとスティッキー達を連れて浴室に戻り、スカベンジャー達の働きにより早くも水が抜かれた浴槽の縁で実験を行うことにした。

アシッド達に並んで小さな輪を作ってもらい、その内側へ。そっと混合液を注ぎ込む。

『おー！』

背後から上がる歓声（かんせい）。

様子を見についてきたピグーさんとシクムの桟橋の皆さんが、酸と炭酸カルシウム結晶の反応により、勢いよく泡立（あわだ）ち始めた液を見て騒（さわ）いでいる。

酸の効果はあるようだけど、掃除に使うにはまだ濃（こ）そう。

それに粘度も酸単独の状態よりは高いが、微々（びび）たる変化だ。

もう少し比率を変えて試してみよう。

こうして何度か実験と調整を重ねた結果、分厚い結晶の層に使う〝酸強め・粘度低め〟。

壁などの液が垂れやすい場所や薄（うす）い結晶の層に使う〝酸弱め・粘度高め〟。

さらに〝酸・粘度ともに平均的〟なものの、3種類の清掃用（せいそう）酸性粘液（ねんえき）を作製した。

6章20話　温泉掃除（後編）

2時間後。

シクムの桟橋の皆さんにも手伝ってもらい、酸性粘液を露天風呂中に塗布する作業を終えた俺達は、小屋の前で早めの昼食を摂っていた。

地面に敷いた布の上。並べられた本日の昼食は、おふくろさんが作ってくれたいつものスープとおにぎり。具には魚の煮付けが入っていて、濃いめの味とご飯の相性が抜群だ。

天気もいいし、ピクニックのようだと思いながら食べていると、山道の方から人の声が聞こえてくる。

こんな山の上に誰だろうかと思ったら、

「ぶはぁ～！　相変わらず道が酷いな……おお！」

『領主様!?』

なんと、草木を掻き分けて出てきたのは、領主様だった。

その後ろから護衛と思われるドラゴニュートの2人も出てくる。

「旦那様(だんなさま)⁉」

「ピグー。お前、自分で案内したのか」

「当然でございます。私よりこの場に詳しい者はおりませんからな」

「確かにそうかもしれん。人選も任せると言った。だが、少しは歳を考えんか……まあい
い。それよりもまた食事の邪魔(じゃま)をしてしまったようだな」

「いえ、そのようなことは。ところで、領主様はどうしてここに？」

「うむ、やはりどうなるかが気になってしまってな。急ぎの仕事だけ片付けて見に来たの
だ。掃除はできそうかね？」

　ということなので、浴室を見てもらい、現状の説明を行った。

「なるほど……あの岩のような汚れを溶かせる薬剤があったのか」

「今回は手持ちがなかったので即席の代用品ですが、効果はありますよ」

「旦那様。私も実験の様子をこの目で見ております。今は薬剤に浸(ひた)した布を貼(は)り付(つ)け、し
ばらく置いて汚れに薬剤を浸透(しんとう)させているそうですが、その段階でも既に表面は溶け始め
ていました」

「あと1時間ほど経ったら、布を取り除いて本格的な掃除を始めるつもりです」

「それは期待ができそうだ」

領主様は嬉しそうに小屋の外へ出る。

外には護衛の2人と、昼食を摂っていてくれと言われたシクムの桟橋の皆さんがいたが、会話もなく、若干居心地が悪そうだ。

その様子に領主様も気づいたらしい。

「おお、そういえば彼らのことを紹介していなかったな。こちらは私の護衛兼付き人をしてくださっている、吉兆丸殿」

「紹介に与った、吉兆丸でござる」

「そしてドラゴニュートの里に伝わる格闘術、〝スモウ〟の達人である――」

「おいどんは大龍山でごわす。よろしく頼むでごわす」

「彼はスモウを学ぶ者として最高の地位である〝ヨコヅナ〟として認められた男でな、私の護衛だけでなくスモウの指南役もしてもらっている」

紹介された2人が頭を下げたので、流れでこちらも自己紹介。

シクムの桟橋の皆さんに続いて、俺で最後だ。

それにしても、これで謎が解けた。

「領主様はやっぱり相撲を学ばれていたんですね」

「うむ。昨日、私を見る目が他の者とは違うと思っていたが、リョウマ君もスモウを知っていたのだな」

「はい。僕の祖父母は若い頃、冒険者として旅をしていたそうで。話を聞いたことがあります。まさかここで本物の力士と会えるとは思っていませんでしたが」

「私がスモウを知ったのは学生時代。当時の学友にドラゴニュートの里からの留学生がいてな。その者から話を聞いて、これは！　と思ったのだよ。

　我々豚人族は太りやすくて痩せにくい。故にこのような体型になってしまうが、ドラゴニュートの里で力士を志すものは、わざわざ大量の食事をしてこの体を作る。さらに一般的な剣術などの稽古をすると、やはりまず体を絞れという話になり、鍛錬のしすぎと減らぬ体重で体、主に膝を壊すものが豚人族には多いのだが、スモウには大きな体を維持しつつ、そんな体でも動けるようにするための鍛錬法が伝わっていると。これはまさに我々豚人族のためにあるような格闘術ではないか！　とな」

　領主様はそれ以来ずっと相撲を学びたいという気持ちを心に秘めていた。そして領主となってから、以前にも聞いた稲作や技術者の招聘を行ったのと時を同じくして、横綱の大龍山さんを呼び寄せたのだそうだ。

「ときにリョウマ君。私からも1つ聞いていいだろうか？」

「？　僕に答えられることであれば」

「先ほど風呂の様子を見た時、一面に布が貼ってあったな。その目的は聞いたが、冒険者というものは、あんなに大量の布を普段から持ち歩いているのかね？」

「あー。確かに仰る通り、普通の冒険者はあんなに持ち歩きませんよね。僕の場合は空間魔法が使えますから、量があっても持ち運びに困らないのと、いざという時に包帯の代わりに使ったり、自分で服を作ったりと色々なことに使うので、安い所でまとめ買いしてあったんです」

「なんと、その上着も自作か？」

ダウンジャケットもどきを指して言われたので、素直に肯定。

「ほう……実は昨日の帰りの船で、君の服が暖かそうだという話になったのだよ。ドラゴニュートの里にも似たような服があるらしく、２人がそれを思い出す、と」

「お２人の知っている、これに似た服。もしかして〝半纏〟では？　こう、羽織に似ていて丈の短い――」

「その通りでごわす！」

「半纏まで知っているとは、お主は随分と我らの里の物事に詳しいのだな」

「ありがとうございます。大半は祖父母からの受け売りですが、そちらの里から修行に来ている方が知人にいますので」

「左様か」

「ふむ。流石は麦茶の賢者殿、といったところか」

領主様、またそれを。

「麦茶の賢者は、少々恥ずかしいというか、恐れ多いのですが」

「良いではないか。博識なことに間違いないのだから」

「しかし旦那様。賢者と言えばかの有名なメーリア様を思い浮かべる者が多いでしょう。数々の功績や逸話を残すあの方と同じように呼ばれては、リョウマ殿も気が引けるのでは？」

「ふむ。確かにそうかもしれんな。いや、すまなかった」

「いえ、お気になさらず」

「そうか。作業はもうしばらく時間がかかるという話だったね？」

「はい。もう少し薬剤を浸透させたいので」

「では、私はまた後で見に来るとしよう。期待しているので、引き続きよろしくお願いする」

「かしこまりました」

俺が頭を下げると、領主様と護衛の２人は再び木々を掻き分けて山へ入っていった……

あれ？　また後で来る、って一度山を降りてまた来るんだろうか？

「いえ、おそらく旦那様は先代様のお墓参りに向かわれたのだと思います。先代様の遺言により、お墓はこの山の頂上にありますからね。領主様も気軽に来られないと嘆いておられましたから、皆様への依頼はいい口実だったのかもしれませんね」

「そうですか、なら良かった」

　それにしても、唯一の贅沢で温泉を建てたり、遺言でお墓を建てたり。

「先代様は本当にこの山がお好きだったんですね」

「ええ……先代様は時間があれば必ずと言っていいほど、足繁くこの山に登られていました。それにこの露天風呂も先代様がご自分で建てたのですよ」

「えっ⁉　ここを、ご自分で？　唯一の贅沢と聞いていたので、てっきり専門の技術者に建てさせたんだと思っていました」

　俺の言葉を聞いたピグーさんは、何かを思い出すように優しく笑う。

「あのお方は自分のためにお金を使わない人でしたから。余裕があればその全てを、道造りのために費やしていましたよ」

「道ですか。少しですが、聞いています。とても大変な作業だったそうですね」

「ええ、この地で道造りを考えた方は先代様が初めてではありません。ですが先代様よりる前の方はことごとく、沼だらけの土地とそこに生える鬱蒼とした木々に阻まれ、断念せざるを得ませんでした。

ですがあのお方は私財を投じ、現場の視察にも出かけては、自ら泥にまみれて作業を行い、ひたすらに道を造るための努力を続け、成し遂げたのです。

屋敷の補修なども手がけていましたし、ここの管理も亡くなるまでは、訪れるたびに先代様自ら行っていたほどで、とにかく無駄をはぶく人でした」

本当に徹底してたんだな……

なんとなく脱衣所の小屋に目を向けると、開いていた扉から中にあった地図が見えた。

……？

「どうかされましたか？」

「いえ、あの手書きの地図なんですが」

「あれが何か？」

「この領地の地図だと思うんですけど、どこか違和感があるような」

あれ？　そもそもどうしてこんなところに地図があるんだろう。

無駄なものが全くないこの小屋で、唯一必要とは思えないものだ。

しかもその地図は額縁に入って、大切そうに飾られている。

「あれは温泉の地図ですよ」

「温泉の？」

「ええ、あまり知られていませんが、ファットマ領には熱い泥が沸く〝泥湯〟がいくつかありましてな。この地図にある道をよく見ると、その泥湯がある場所に道が集まっているのです。

実際には造られていない道もあるので、まだ厳密な計画を立てる前の、想像で描いたものでしょうな。おそらくですが、先代様は領内の道が完成したら、この領地を温泉地として栄えさせようと考えていたのではないかと」

「なるほど」

でも、俺は泥湯のことなんて知らないし、違和感とは関係なさそうだ。

もう一度、しっかりと地図を見てみる。

……だが、結局その違和感が何かは分からないまま、時間だけが過ぎ……

「リョウマ君、そろそろ時間じゃない？」

「そうですね。掃除を再開しましょうか」

露天風呂掃除を再開。手袋とマスク代わりの布を顔に巻き、クリーナースライムをゴーグル代わりに着装。酸性粘液を含ませた布を除去してから、高圧洗浄魔法で一気に壁や床に残った酸性粘液を押し流(なが)す。

するとすでに酸性粘液によってボロボロになっていた沈着物(ちんちゃく)も、水の勢いで一緒(いっしょ)に剥(は)がれていく。残念ながら、これで完全に綺麗にはならなかったけれど、想定内。

「では、皆さんよろしくお願いします」

『了解』

ここからシクムの桟橋(さんばし)の皆さんにも、完全装備の上で参加していただく。

壁や床の頑固な沈着物にまた酸性粘液を塗(ぬ)ったり、削(けず)り落としたりしてもらう。

「おっ！　さっきの薬でだいぶ落ちるようになってるぞ」

「こっちの浴槽もだよ」

「分厚いけど、小さな亀裂(きれつ)から薬液が流れ込んだみたいだね」

「確実に脆(もろ)くなっている。叩けば割れそうだ」

大きな塊は工具を使い、彫刻(ちょうこく)でも彫るかのように。

また必要に応じて各種スライム達にも協力してもらい、

『終わったー！』

さらに2時間ほどで清掃作業が終了(しゅうりょう)した！

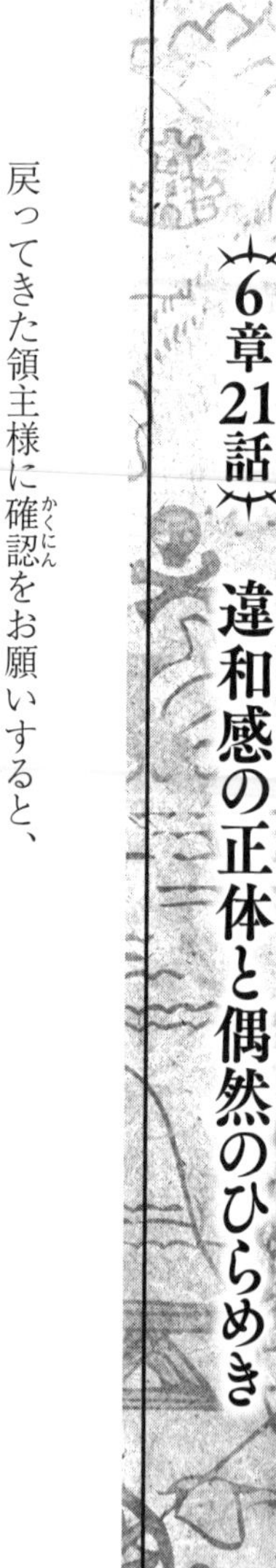

6章21話　違和感の正体と偶然のひらめき

戻ってきた領主様に確認をお願いすると、

「なんと!!　ここまで綺麗になるとは」

「まるで、昔に戻ったようです」

皆で頑張って露天風呂中の沈着物を除去した甲斐あって、昔を知る領主様とピグーさんは喜んでくれているようだ。

「ありがとう。リョウマ君」

「これで私も先代様に顔向けができます」

「お気に召していただけて良かった」

しかし、実は1箇所だけ掃除は不要と言われた場所があって、気になっている。

「本当に取水口はあのままで？」

ここまで引かれた温泉の出口は、来たときとほとんど変わっていない。あそこにも炭酸カルシウムの結晶が付着しているし、それによってお湯の流れも悪くなっている。

「流石にあそこまで頼んでしまうと、今日1日では終わらんだろう。湯を引くための管は源泉まで繋がっているからな。それに……せっかく掃除をしてくれた君たちにこう言うのもなんだが、私がここを使うことはあまりないだろう。あくまでも父の遺産として、可能な限り昔の状態に戻したかっただけなのでな。今のままでも十分。

欲を言うなら、ここからの景色も見えると良かったんだが、竹がここまで来ておったか……」

「竹藪も放置してしまいましたからな」

「この竹藪は、昔からここにあったわけではないのですね？」

「その通りだ。もう少し離れたところに昔、父がどこからか持ってきた竹を植えたそうでな。よく掘ってきたばかりのタケノコを食べさせてもらったよ。だが、それも放置しすぎてこの状態だ」

「昔はここから下の景色が良く見えたのですが……」

長年放置したことにより、竹藪が露天風呂の下まで広がり、成長した竹で視界がさえぎられているようだ。

『……』

「？」

脱衣所の出入り口から、シクムの桟橋の皆さんが視線を送ってくる。

これは、そういうこと？　いいの？　だったら、

「では、軽く露天風呂側の竹薮を切り払って、景色が見えるようにして終わりにしましょう」

「あ、いや、そういうつもりで言ったのではないが。いいのかね？」

「成功報酬に小金貨10枚というお話でしたし、それがなくてもサービスの範疇ですよ。後ろの5人もやる気みたいですし」

「ばっ」

「ちょっ」

俺達が視線を向けると、露骨に慌てる5人。

皆さん、あんなところでこっそりしなくてもいいのに。そこまで慌てると逆に――あ、領主様が声をかけに行った。そしてガッチガチになったり照れたり……今のうちに準備をしておこうか。

ディメンションホームから、ワイヤースライムと棒を1本。あとは下に下りるための安全確保に使う、頑丈なロープを用意して、っと!?

「リョウマ君、いきなりは酷いよ～」

「俺らはお前みたいに貴族慣れしてないんだぞ……」

話が終わったのか、ケイさんとカイさんが肩を組んできた。

「領主様はいい人そうですし、普通にしていれば大丈夫でしょう」

「お前、見かけによらず肝が据わってるよな……」

「僕らが田舎者だからなのかと思っちゃいそうだけど、違うよね？」

失礼な。俺だって偉い人は苦手だし、初対面の貴族様と会う時は緊張したっていうのに。

まあ、それは措いておいて、仕事の話をしよう。と言ってもやり方はそこまで複雑じゃない。

「まず僕とスライムで大半を、効率的ですが少々雑に切るので、所々残ってしまう部分があると思います。だから残った部分は皆さんにお願いしますね。急斜面での作業になるので、安全のためにこのロープを使ってください」

その一言で全員納得してくれた。これまでの仕事でスライムへの信頼ができている。

皆さんは素早く準備にとりかかり、俺は一足先に露天風呂の端へ。落下防止の柵の真ん中あたりを乗り越えて下に降りていく。

「さて、お願いね」

「！」

やる気十分のワイヤースライムが竹薮の中で、体を糸鋸状にして伸ばす。

距離的な限界はおよそ40m。今回は2本で20m手前くらいにと頼む。

地面に沿って十分に伸びたのを確認したら、2本の先端を繋げて大きな輪を作ってもらう。

そして変形できないワイヤースライムの核が、余分に残した糸で棒の先端にしがみつく。

最後に俺が、棒を通してワイヤースライムに気を送り、糸鋸の体を強化すれば準備完了。

「なるべく根元から、地面に対して平行にね。じゃあ、スタート！」

合図と同時に、ワイヤースライムが輪を引き絞った。

やや緩みのあった糸は限界まで張り詰めて、間に立っていた竹の皮に鋸刃が食い込む。

さらにワイヤースライムはそのまま伸縮を始め、張り詰めた糸を右へ左へ。

気で強化された鋸刃の切れ味は鋭く、瞬時に竹を切り落として輪を縮め、次の竹へ。

輪の内側に生えていた竹やその他の植物、全て切断されるのに要した時間は十数秒だった。

「進化後の実験でも思ったけど、こうするとチェーンソーみたいだな……我ながら恐ろしいものを生み出したような気もする……あ」

変な影がさしたので、ふと上を見ると領主様が驚いた顔をしていた。

「スライムとは、あんな生き物だったただろうか？」

「ええと、たぶん、リョウマ君が連れてるスライムが特別なんだと」

「この前も、村の周りの木を、実験と言って大量に伐採していたな」

「ああ、それ見てたらしい村の爺様婆様が1匹欲しいって言ってたぜ。薪拾いの手間が省けるって」


皆さんまで……まぁ、確かにこの切断力はすごいからな。俺だって作業中の糸の部分には間違っても触れたくないから棒を使ってるわけだし。でも、

「このままどんどん切っていくので、少ししたらお願いしますよー！」

若干見物モードに入りかけている5人に呼びかけてから、今度は先ほどとは逆方向の竹を20m分切り落とす。それが終われば、斜面を1歩下ってまた左右の20m。それを繰り返すことで、自分を中心に40mの範囲を切りながら斜面を降りていく。

切断された無数の竹はふもとの方へ倒れこみ、まだ切られていない竹やその葉に受け止められていたけど、だんだんと耐え切れなくなってきたようだ。地面に横たわる竹も増えてきている。潰されないように気をつけないと。

ところでマンガとかラノベではワイヤーとか糸を武器に使う〝糸使い〟が出てくることがよくあるけど、ワイヤースライムを使えばそういうこともできるだろうか？　今も若干

やり方が違う気がするけど、竹を一気に切れてるわけだし。

上手(うま)く使えば移動にも……

そう考えて思い浮かんだのは、張られたワイヤーの上を滑車(かっしゃ)がついたロープにぶら下がり、滑っていくイメージ。

いや、これは違う……これだと子供用のアスレチックだ。でも、今の俺の体なら違和感なさそう。あと、廃鉱山(はいこうざん)の頂上付近から麓(ふもと)までって結構時間かかるんだよな……片道だけでも使えれば結構楽になるかも。帰ったら試しに作ってみようか。

……あれ？　アスレチックの前になに考えてたっけ？　あ、ワイヤースライムの利用法か。

それでマンガの糸使いをイメージして……全然関係ないけど、ああいうキャラって敵でも味方でも大抵(たいてい)強いよね？　普通の糸しか使えないとか、戦えない糸使いはむしろ見たことない気がする。何でだろう？　バトル系の漫画(まんが)とかだと、解説役みたいな感じで戦えないキャラが仲間になっていることも多いし、いてもいいと思うのに……

「おっと」

くだらないことを考えていたら、視界が開けた。

どうやらもう少し先まで行くと、竹ではない木々の領域になるようだ。

刈(か)っている俺から見ても少し先が見えているということは、露天風呂からはもっとよく景色が見えるようになっただろう。竹を切るのはこれくらいでよさそう。だけど……

斜面から見える景色にまた違和感を覚え、露天風呂に戻りながら景色に目を向ける。

そして気づく。

「あー、そうか」

最初の違和感の正体が分かった。おそらく方角だ。

露天風呂というのは、往々にしてきれいな景色が見えるように作るものだと思う。ここの露天風呂の作りも、この斜面に面する壁がなく、景色が見えるように作られていた。だから無意識に、あの綺麗なラトイン湖が一望できると思っていたんじゃないだろうか？

だけど実際は、露天風呂の向きは湖と〝逆方向〟。ここから一望できるのは、沼地(ぬまち)と木々が広がる光景なのだ。ここに来るまでの悪路と入り組んだ道で方向感覚が狂(くる)っていて、それに地図を見て気づきかけたのが、最初の違和感の正体だったんだろう。

ピグーさんという案内人がいたから、迷うことは考えてなかったし、万が一迷ってもリムールバードにお願いすれば街の方角は分かるから、方角をあまり気にしていなかったのもあるだろう。これは今後注意するとして……

疑問なのは、どうしてこちら向きなのか？　こちらの景色も悪いとは言わないけど、この領地に来てからはよく見た光景だ。源泉の問題だろうか？

露天風呂まで戻り、領主様からＯＫを貰う。そのついでに源泉の位置を聞いてみると、むしろ湖側に近いらしく、わざわざここまで温泉を引いているということがわかった。ならばそれ相応の〝理由〟があるはず。

その〝理由〟がなんとなく気になって、シクムの桟橋の皆さんに細々した後片付けを任せた。

空いた時間に、景色を眺めながら考えてみる。

先代の領主様はどうしてわざわざここに露天風呂を作ったのか？

「……？　そういえばここの材質、それに作り方……」

先代様の性格について。もしかして、というレベルだけど、思ったことがあった。

それを軸に考えて、さらに想像を広げていく。

あくまでも予想でしかないが……

「ピグーさん」

「はい、なんでしょうか？」

「お昼ごろ、先代様のお墓がこの山の頂上にあるという話をしましたよね？」

「ええ、確かにしましたが、それが何か？」

「そこってもしかして――」

仮定を元に質問をしてみると、それは当たっていたようだ。

ピグーさんは心底驚いたという顔になる。

「どうしてご存じなのですか？　仰る通り、先代様のお墓の周囲には、ほとんど何もありません。野ざらし同然で、我々も心苦しく思ったのですが……埋葬する場所から周囲の木々の切り方まで、全て遺言で事細かな指示があったので、それに従いました」

おそらく、概ね間違ってはいないだろう。

「ありがとうございました。ピグーさん。おかげで領主様からのもう1つの依頼。そのヒントも見つかった気がします」

「お力になれたのなら幸いです」

とは言いつつも、彼はどこか腑に落ちない顔をしている。

確かに説明不足かもしれないが、それよりも今は、不意に訪れたヒントをどう活かして形にするか。そこに俺の意識は向いていた。

6章22話　スライムの実験とリョウマの推察

その日の夜。

温泉掃除を終えた俺達は、領主様からお褒めの言葉と、約束通りの小金貨10枚をいただいて帰宅。

ちなみに報酬の分配はシクムの桟橋と俺で5対5。

皆で均等に分配しようかと思ったら、掃除に使った知識から薬剤（酸性粘液）も布もスライムも、全部俺の物だということで、皆さんの方から辞退の声が上がった。しかし掃除は手伝ってもらったし、報酬なしは心苦しい。ということで最終的に決まった額である。

ちなみにシクムの桟橋の皆さんは報酬を受け取ると、帰る前に街でちょっとお高いお酒や食べ物、または生活雑貨など、早速色々な物を買い込んでいた。

おかげで行きは1艘だったのに、帰りは急遽別の小舟をレンタルして分乗することになったり、帰ったら帰ったで買った物が村人の皆さんの目に留まり、儲けてきたと大騒ぎになったり。色々あってなかなか大変だったが、楽しかった。

今日1日を思い出しながら、借りている部屋の布団で体を伸ばす。

「ん～……ふぅ。無事に掃除はできたし、料理のヒントも得たし、何より酸性粘液って新たな用途も見つかったし、今日は充実した1日だったな……そうだ、寝る前に」

ディメンションホームを使い、掃除に使って残った酸性粘液とその容器。そしてパールスライムと進化のために食べさせていた食用の巻き貝を取り出す。

アシッドスライムがパールスライムに進化したことに気づいた朝、俺はマヨネーズ真珠のことを思い出したが、今日の掃除をしたことで、もう1つの可能性を思いついていた。

その可能性を検証するため、パールスライムの食用の貝を餌と認識していることを確認してから、余った酸性粘液に漬ける。最も酸の強い液に漬けた貝の表面から、じわじわと泡が立ち始めた。

それが止まったら別の容器で水洗いし、さらにクリーナースライムに洗浄して水気とゴミを取ってもらう。すると表面はうっすら溶けているが、まだ細かい砂のような付着物が取りきれていない感じだ。再び酸性粘液へ沈める。

同じことを二度、三度と繰り返すと液がなくなってしまったので、そこからは一晩放置することに決定。スライム達と道具をディメンションホームに戻し、この日は寝ることにした。

■■■

そして翌朝。

実験があるためか、今朝の目覚めはいつもより早かった。

いつでも出られるように身支度を整えた上で、実験結果を確かめる。

一晩酸性粘液に漬け置いた貝は……

「やっぱり、思った通りか」

酸性粘液によって表面が溶け、白く綺麗な場所がところどころに見える。

その周りを軽く磨いてやると、綺麗な真珠層が露出した。

〝真珠層〟

それは真珠と同じく、貝の外套膜から分泌される炭酸カルシウムが主成分の光沢物質。

真珠層は内部に真珠を作る貝だけが持つものではなく、真珠を作らない巻貝の中にも持っている種類が存在する。

たとえば日本でも沖縄などに生息する〝夜光貝〟などが有名で、その中の身は食用にもなる。

尤もあれは海水に生息する貝だけれど……

「『鑑定』」

〝スナガクレ〟

分泌する粘液で周囲の細かい砂や石を殻に付着させて固め、外敵の目を欺く巻貝の一種。淡水に生息する。食用可能で、つぼ焼きにするのが一般的かつ美味。

ただし火にかけると熱により真珠層の輝きは失われてしまう。

「似たような貝が、ここの湖にも生息していた。そして貝殻の内側に隠れていた真珠層を食べて、真珠のパールスライムになった、ってことだったんだな」

アシッドの酸と卵でマヨネーズ、そこからマヨネーズ真珠なんて遠回しな理屈より納得できる。進化に伴う疑問が解けてスッキリした。

「……この結果をどうするか」

先日、一応は神であるセーレリプタによって、真珠の価値は〝俺が考えている以上〟だと言われている。だから同じ輝きを持つこの貝殻は、うまく加工すればそれなりの商品になると思うのだが……

少なくとも昨日の街から帰る前に、たまたま見かけたアクセサリーの露店では、色鮮やかな貝を使ったアクセサリーはあっても真珠層を利用したアクセサリーは並んでいなかった。それにこの貝殻は毎日、大量にゴミとして村の人達から貰えるので、あくまでも食用としか見られていないのだと思う。

これは少々もったいない気がする。

だけど、これをニキ君や村の人に教えるのは論外。セーレリプタが言っていたように、危険極まりない。今となっては領主のポルコ様とも縁ができたけれど……正直なところ、彼に教えるのもどうかと思う。

「……」

彼が悪人だとは思わない。合わせても1日に満たないけれども、一緒に食事をしたり、話をしたことで、彼が気さくな人柄であることも、領民に慕われていることも分かった。彼や彼に対する村人の皆さんの態度は、演技や嘘ではないと思う。

ただ、というか〝だからこそ〟、というべきか？　気になることがある。

「領主様は、もしかするとあまり戦力を持っていない、または貴族のパワーバランス的に弱い立場にいるのではないだろうか？」

というのも以前、ニキ君が家出をした時に見かけたゴブリン。聞いたところによると、あれは他所の貴族が嫌がらせで、時々ファットマ領内に送り込んでくるらしい。

その噂がどこまで正確かは分からないが、あの日のゴブリンは自分の目で確認したわけだし、明らかに人の手が入った証拠に檻などが見つかっているらしい。そしてそれが〝よくあること〟。

……おかしくないだろうか？　たとえ嫌がらせ、弱いゴブリン数匹といえど、れっきとした魔獣だ。下手をしたら被害が出てしまうかもしれない。ニキ君だって、あの時秘密基地がなかったら危なかっただろう。

そんな事態をなぜ放置しているのか？

仮に領主様が領民のことをどうでもいいと考えるような人であれば、まだわかる。でもそれなら領民である皆さんから慕われるとは思えないし、実際に俺が見た領主様はそんな人ではなかったと思う。

だとしたら、〝放置〟しているのではなく、〝対処できない〟のではないだろうか？

実際に、〝ファットマ領は広い。だから散発的な嫌がらせに対処しきれない〟という話を聞いたし、道ができるまで、ここらは人が飢えて死ぬこともあるくらい貧しい土地だったそうだ。

魔獣討伐あるいは悪意を持った相手から領民を守るには、戦う者、すなわち兵が必要で、兵を養うには食料が必要になる。これは〝努力〟や〝やる気〟などという精神論ではどうしようもない。

果たして村人が飢えて死ぬような土地に、どこまで兵を養う食料があっただろう？

防衛のためにある程度の戦力は維持していたとしても、飢えるという状況がある以上は〝食料が絶対量を満たしていなかった〟ということ。その状況下で兵を養うとすれば、その分だけ人々の負担が増える。それを考えると、必要最低限の兵でやりくりするしかない。だから考えられる可能性の1つとして、〝単純に兵力が足りない〟のかもしれない。

でも、これだけならまだ近隣の、他の領主に助けを求めるという手もあるはずだ。もちろん何らかの対価は必要だろうし、領地と領民を守るのが貴族の義務とされている以上、一時の恥となるかもしれない。けれど恥という意味では、嫌がらせを撥ね除けられずにいても、〝自分の力が及ばない〟という意味では大差ないと思う。

そこから考えられるのは、〝周囲との関係が悪く、協力を求められない可能性〟。

噂を鵜呑みにするつもりはないが、嫌がらせの犯人は〝隣の領地の貴族〟と聞いている。〝人の口に戸は立てられぬ〟とも言うし、少なからず近隣の貴族と領主様が上手くいっていなくて、それを領民が察しているということはないだろうか？

そして最後に、

「領主様の立場が弱く、周囲とも上手くいっていないことが前提になるけど……」

この思考に至ってから、学生時代の出来事で、ふと思い出したことがある。

ただ状況が似ているというだけで、根拠も何もないけれど。

それは俺が中学生になったばかりの頃の話。俺は特筆することのない、学校が１００あれば１０００は余裕であるだろう、ごく普通のいじめの現場を目撃した。

そこで袋叩きにされていた１人の男子生徒を助け、事情を聞いてみたところ……

その男子と男子を袋叩きにしていた相手は同じ小学校の出身で、昔からいじめを受けていたが、中学進学を機にいじめられっ子からの脱却を決意。１ヶ月前に空手の道場に通い始め、俺が見たその日、それを相手に宣言し……そのまま普段よりも酷い仕打ちを受けていた、ということだった。

……残念だが、俺にはそれが〝正直者が馬鹿を見る〟という典型的な例に思えた。

いじめられっ子から脱却したいというのは分かるし、悪くはない。空手道場で自分を鍛えようとしたのも良い。だけど、それをわざわざいじめっ子本人に伝えてしまってどうするのか。

教師を頼ったところで問題が解決するとは限らないが、力で対抗するならそれ相応の実力を身につけなければ意味がない。また、十分な実力が身につくまでは相手に悟られないようにすべきだと思う。

中途半端な実力や鍛えていることをアピールしても、逆効果でしかない。それは〝あなたを倒す準備をしていますよ〟と教えるだけで、相手を警戒させ、敵意を煽り、いじめを激しくするだけだから。

弱い立場の者が〝反抗するぞ！〟と意思表示をして、強い立場の敵がそうですかと力を溜めるのを待ってくれるわけがない。兆候を見せた時点で〝より激しく叩いておこう〟となるだろう。

「……領主様の件も、これと同じかも？」

領主様はファットマ領でも育てられる稲作での食糧生産を考えて、技術者を招聘した。そして相撲を自ら学び、豚人族に向いた鍛え方などにも興味を持っていたりと、状況の改善を試みている節があるように思える。

もしかしたら領主様は嫌がらせ程度の問題に〝対応できない〟のではなく、対処できない〝ということにしておいて〟、今は力を溜めている時なのではないだろうか？

だとすれば、真珠やそれに近い価値あるものの話なんて迷惑、それどころか爆弾以外の何物でもない。何度も言うが、この件はセーレリプタが言うように、守る力が無ければ危険極まりないのだから。

「そうなると、やっぱり領主様にも話さない方向で行こうか……でも、あることはあるわけだし、万が一誰かが気づかないとも限らない」

……そういやセーレリプタも、言ってたよな、

〝特に君のいるリフォール王国では、まだ採取できない宝石だから〟と。

セーレリプタの性格的に、良くも悪くも好きなことを好きなように言っていたと思うし、真珠の話で嘘をつく理由もないだろう。その上で、〝まだ〟ってことは、裏を返せば――

「おっ？」

足音が聞こえてきた。

そろそろいい時間みたいだ、考え事は一旦(いったん)ここまでにしよう。

今日からまた、数日とはいえ忙(いそが)しくなるのだから……

6章23話 村の祭りと名物料理の提案

3日後の夕方。

村の広場にはほとんどの村人が集まり、焚(た)き火(び)や大鍋(おおなべ)、そしてテーブルがいたるところに置かれ、その上には所狭(ところせま)しとさまざまな料理が並んでいる。

先日船の上で聞いた通り、ヤドネズミが下流に繋(つな)がる川を巣で封鎖(ふうさ)したらしく、昨日まで3日間、マッドサラマンダーの群れは劇的にその数を減らした。また、同時にシクムを含めて、近隣の村や漁師さん達(たち)には、漁業組合から漁期の終わりが通達されている。

そして今朝、今年最後の漁で獲(と)れた獲物(えもの)や、街から買い込んだ食べ物で、現在、村の広場では無事に漁期を終えたことを祝うお祭りの用意が進められている。というか、ほぼ終わって始まる直前、といったところだ。

あとは――おっと、噂をすれば来たようだ。

「領主様がいらしたぞー!」

広場に駆(か)け込んできた村人の男性が、領主様の来訪を告げる。

すると村長を筆頭に村の偉い人たちが集まり、出迎えに行く。

俺もその最後尾にそっと交ざり込んで、浜辺に向かう。

俺達が浜辺に到着するのと、領主様が浜に上陸するのはほぼ同じタイミングだった。

「ようこそいらっしゃいました」

「おお、村長殿。出迎え感謝する」

村長たちに挨拶をした領主様は、続いて俺の方へ。

「リョウマ君。お招きありがとう。今日は楽しみにしている」

「こちらこそ、無理を聞いていただきありがとうございます」

先日、温泉掃除が終わった後のこと。

〝領地の名物料理が欲しい〟という領主様のもう1つの依頼について、依頼された日は温泉掃除の方が優先されていたためか、具体的に、いつ、どういった方法で提案すればいいかが定められていない。

それを思い出した俺は、今日この時。実際に作った料理を出すので、シクムの村の終漁祭に来ていただきたいとお願いをしてみた。

もちろん断られる可能性も考えていたが、領主様はそれを快諾してくれた。

だからこそ今、こういう状況になっているわけだ。

本日の領主様の同行者は、護衛のドラゴニュート2人にピグーさん。さらにもう1人、豚人族の男性。彼は伯爵家の料理長だと、広場への道すがら紹介を受ける。

そして広場に戻ると、すぐに終漁祭は始まる。

村のお祭りは始まる時間が厳密に決まっているわけではなく、用意が済んで、参加者が集まったなと判断されれば適当に始まるものらしい。

今回は一応、形だけ村長と領主様も挨拶をしていたが、ごく短く終わらせていた。

その後は、広場の一角。

以前俺が祈った神像の横あたりに設置された特別席へ案内される領主様ご一行。

その隣に、俺は特注の調理用魔法道具セットを設置。

すると真っ先に反応したのは、料理長の男性だった。

「おお……これは持ち運び可能な範囲で大型、かつ高機能な調理用魔法道具ですな。鉄板に大型の竈、鍋も4つは置けますな。素晴らしい」

「知人に腕の良い職人がいまして、特注で作っていただいたんです。冒険者として野営をすることもありますが、可能ならしっかり調理をした美味しいものが食べたいですからね。幸い、私は空間魔法が使えるので、多少大型でも持ち運びや使用に問題がないので」

「ぶふっ、君もなかなかの食道楽のようだな。私もそれなりに色々な冒険者を見たつもりだが、こんな物を特注して持ち歩く冒険者は初めてだ。おまけによく見るとその魔法道具に刻まれた印章、最近名を上げているディノーム工房のものではないか？」

おっと、領主様はディノーム工房を知っていたようだ。

「ご慧眼には恐れ入ります。仰る通り、ディノーム工房の作品です」

「貴族たるもの、流行物には詳しくなければ。貴族同士の会話に入れなくなるからな」

分かるだろう？　みたいな苦笑いを送ってきた。やはり貴族というのも大変なようだ。

「さて、本日提案させていただく料理は作りたて、特に焼きたてが美味しいと個人的には思うので、これからここで調理をさせていただきます。仕込みは済んでいるのですぐに用意できますが……本日のお祭りのために、他にも色々な料理が用意されていますので、皆様よろしければ食べながらお待ちくださいませ」

「それは楽しみだ。どんな料理があるのかね？」

「おすすめは〝おでん〟ですね。試作に付き合ってくださった村の方が言うには、〝いつものスープを豪華にした感じ〟だそうです。具は魚や豆腐、野菜や根菜などを加工したもので、擂り下ろしたホラスと一緒に食べていただくと、この辺で日常的に食べられているスープに近く、馴染みやすい味だと好評でした。

他にも運よく、美味しいお豆腐を作っている方の協力が得られたので、〝揚げ出し豆腐〟

に〝豆腐ハンバーグ〟、〝稲荷寿司〟――」

「寿司？　寿司と言うたか？」

「あ、はい。稲荷寿司、ですね」

？　1人だけ我関せず、という感じだったドラゴニュートの……確か吉兆丸殿？　が強い視線を向けてきている。お寿司がお好きなんだろうか？　と思ったら領主様が教えてくれた。

「吉兆丸殿は修行の一環で、食生活に色々と決まりがある。故に普段、彼は決まった物しか食べられないのだ」

「なるほど」

宗教的なことなら仕方がない。しかし、領主様だけでなく護衛の方にも食のタブーは聞いておくべきだったか？　と思っていたら、

「ただ、何事にも例外はある。その例外の1つが〝寿司〟だったはず」

「うむ。〝寿司〟、〝天ぷら〟、〝すき焼き〟でござる」

続いた説明で、内心ちょっと、ガクッと来た。

例外の食事が、一昔前の外国人の日本のイメージみたい……そこで以前、まだギムルの街に出て間もない頃、アサギさんと会って聞いた話を思い出した。

そういやドラゴニュートの里ができるきっかけは、過去の転移者。それも微妙(びみょう)に日本や侍(さむらい)文化を勘違(かんちが)いした外国人っぽかったな。そのせいか？

「では、食べられる物があってよかった。ちなみにすき焼きも用意がありますし、油があるので天ぷらもご用意できますよ。まったく同じではないかもしれませんが、いかがですか？」

「なんと！　で、では拙者(せっしゃ)は稲荷寿司？　とすき焼き、天ぷらをいただこう」

「かしこまりました。料理は他にも、お米を使った〝ちまき〟や〝炊(た)き込みご飯〟。根菜を使った〝きんぴらごぼう〟に〝蓮根(れんこん)のはさみ揚げ〟、〝からし蓮根〟などもありますが」

「我々には1つずつ、全種類を頼む」

「かしこまりました。では」

領主様の簡潔な注文は村長さんにお願いして、用意していただく。

そのあいだに俺は用意していたものをスープにいれて、または蒸(む)して、焼いて、揚げて

……

「ふむ。魚のすり身や潰した豆腐をそのまま、または野菜などを混ぜて成型し、油で揚げているのか。こうも多様な具があると、飽(あ)きることがないな」

「この揚げ出し豆腐なる料理も、衣(ころも)に出汁(だし)の味が良く染(し)みて、優(やさ)しい味わいですぞ」

「このはさみ揚げというのも美味しい。私は蓮根に目がなくて」

「故郷では見ぬ故、面妖な寿司と思うたが、この稲荷寿司というのもなかなか」

「炊き込みご飯ときんぴらは里にもあったでごわす。この味、どこか懐かしい……」

なかなか好評だと分かる声を聞きながら、仕上げにタレを用意して、完成！

「お待たせいたしました。こちらが本日、私から提案させていただく料理。〝餃子〟でございます」

用意されたテーブルの上。既に先ほどまで並んでいたはずの料理はほぼ食べきられていたので、空いた皿を片付けて、出来立ての皿を並べる。

「ふむ。これは小麦を練った生地で何かを包んで焼いたのだな。スープの中に入れていたり、揚げたり、蒸されたものもあるようだが、根本的には同じものか」

「おっしゃる通り、調理法によってそれぞれ水餃子、焼き餃子、揚げ餃子、蒸し餃子と呼びます。私の経営している店にジルマール出身の親子がいるのですが、そちらにもこのような料理があるようです」

「ほう、ジルマール料理とな。ではまず1つ頂いてみよう」

「こちらに8種類のソースを用意していますので、お好みでどうぞ」

領主様達は一斉に餃子を口に運ぶ——

「おふっ、ふぅ、ふぅ……うむ！　熱いが美味い！」

「本当ですな。この焼き餃子とやらは、噛むと中からジワリと肉の脂が出てきて」

「水餃子はスープと合って優しい味わいですぞ」

「揚げ餃子は、食感が良いでごわすな」

皆さんはそれぞれ食べ比べ、好評。だけど、領主様の表情は少し残念そうだ。

……当然だろうな。だって俺が作ったのはごく普通の餃子だから。

「確かに美味い。だが」

「このままではこの地の名産にはなりませんよね？」

「うむ。この餃子、中身は豚肉や野菜、それを包む皮は小麦だな。蒸し餃子の皮は米粉を使っているようだが……残念ながらほとんどがこの領地のものではない。街の店が他所から仕入れたものを買ったのだろう。今では他所の品もある程度流通するようになった。

……だからといって、他所から仕入れた食材ばかりで作ったのでは、この地の名物料理と言うには弱い。そして君はそれを十分に理解しているようだ。つまり君は、この餃子をこの地の材料で作れと言いたいのだね？」

おっと、言おうとしたことを先に予想されてしまった。

「ご慧眼には恐れ入ります。仰る通り、私がさせていただくのはあくまでも〝提案〟、そしてこの料理はそのための〝見本〟の1つとして作らせていただきました。この簡単かつ多様性のある料理の一例として」

「多様性、というと？」

「まずこの餃子は先ほど領主様も仰った通り、餡と呼ぶ中身を小麦粉を練った皮で包んだものです。今回の中身は豚肉と野菜ですが、その割合を変えても、また別の素材を使っても良いでしょう。

同じく皮も穀物の粉であれば問題ありません。実際に今回、蒸し餃子と水餃子の皮は米粉を使用しています。これは僕個人の好みで選ばせていただきましたが、皮に使う粉には最低でも小麦粉と米粉の2つの選択肢があるということ。

さらに、皮で包んだ餃子の調理法は煮る、焼く、蒸す、揚げるの4つ。最後につけて食べるためのタレが、今回用意させていただいただけでも8種類。中身の配合は考えればキリがないので置いておきますが……それでも皮、調理法、タレで味わえる組み合わせが64通りはありますね。もちろんタレをつけないという選択肢もありますし、ここに中身の変化も加われば」

「うむぅ……それは非常に興味をそそられる。まさに無限に味の変化がありそうだ」

「私もそう思いまして、本日はその一端を、村の皆様に用意していただきました」

「なに？」

村長さんに目を向けると、準備万全といった感じで、彼は俺の隣まで歩いてきた。

「領主様。村の者が彼から話を聞いて作った餃子を用意しております。お口に合うかは分かりませぬが、1つ試していただけませんでしょうか……」

「ありがたい、是非いただこう」

そして次々と、村人オリジナルの餃子を作った人が運んでくる。

1人目はお婆さん。お孫さんに支えられて、領主様を拝んでいた。

「ふむ。これはホラススープの水餃子か。そしてとても柔らかく、温かい」

「ありがとうございます。うちは私と夫、どちらもこの歳ですから、硬いものはどうにも歯が……スープも慣れ親しんだ味が一番と思って作りました」

2人目は漁師の男性。体格はいいが、ものすごくビビッている。

「お、俺、普段はろくに料理をしません。だから、領主様にお出しできるような、料理じゃねぇかもしれませんが……」

「ははは。確かに多少不恰好ではあるが、味は悪くないぞ。この焼き餃子」

「あ、ありがとうございやす！　うちの嫁が身重なんで、なるだけ精のつくものをと思って作りやした！」

３人目は恰幅のいい女性。料理に自信があるようで、一番堂々としている。

「おお！　これは美味い！　ヌマエビのプリッとした身。細かく刻んだハスの根。とても良い歯ごたえだ」

続けて４人、５人と運んできた餃子を味わう領主様。やがて彼は、悩み始めた。

「ううむ……どれも美味かった。多様性があるというのも理解した。だが、それだけに迷ってしまう」

「領主様。私は、無理に１つの味に絞る必要はないと思います」

「というと？」

「ファットマ領の村や各地域ごとに、その土地に住む人々が食べている食材で、餃子を作ってもらうのはどうでしょう？　一言で〝ファットマ領〟と言っても、ここシクムのように湖の恩恵を受けられる場所もあれば、そうでない場所もあると思います。

この辺では湖の魚が捕れる代わりに肉が貴重だそうですが、ファットマ領でも外側、他所の領地に隣接している地域や村であれば、肉や野菜に小麦粉の方が手に入りやすいという地域もあるのではないでしょうか？」

「うむ。確かにそういう土地や村もあるな。食事の違いがあるのもその通り。考えてみれば、先ほど君が作ってくれた肉の餃子を出すかもしれない地域もある……なるほど。各地で作らせれば、地域ごとに出てくる〝味の違い〟を楽しめるというわけだな。領内を通る商人や貴族が興味を持てば、地域の活性化にも繋がる可能性がある」

日本ではかの有名な宇都宮や浜松という実例があるし、餃子が嫌いという人はあまり聞かない。上手く競い合える形にできれば、地域活性化に役立てられる。潜在能力は十分にあると思っている。

あと、この領地の街道にはところどころに無人の建物があり、旅人の宿泊施設として開放されていた。それについて聞いてみると、

「あれは元々父が道を整備していた頃に建てられた、作業員用の宿泊施設だ。道造りが終わって役目を終えたが、取り壊すにも労力がかかるからな。我が領地は雨も多いし、どうせなら旅人の役に立てばと開放しているのだが……それがどうかしたか？」

管理の人手など色々と問題もあるだろうけれど、個人的に思ったのは、あんな建物があるなら、遊ばせておくのはもったいない。そこで前世の〝パーキングエリア〟や〝ドライブスルー〟のようなことをしたらどうか？

「ふむ……名物として広めることを考えれば、とにかく多くの人に知って、実際に食べてもらう必要がある。急ぎの旅でも全く食事をしないわけにはいかないだろうし、馬車の上で食事を済ませるにしても、干し肉をかじるのと焼きたての餃子を食べるのでは満足感が

違うはず。馬上で食べるとなると水餃子は難しそうだが、焼き、揚げ、蒸しはなんとかなるな。工夫をすれば水餃子もいけるか？

　街道で開放している建物については、私も悩んでいた。野盗のような者が住み着いているようではいかんから、道の状態確認も兼ねて不定期で見回りの者を出しているが……いっそ駐留させるか？」

　パーキングエリアやドライブスルーについての説明も併せてしてみると、思いのほか反応が良いようだ。それに領主様の話を聞くと、なんとなく前世の交番が頭に浮かぶ。

「そこにいるのが1人か2人でも、何かがあったときに相談できる警備隊の詰め所があるのとないのとでは安心感が違うと思います」

「私もそう思う。それに餃子はそこまで難しい料理ではなさそうだ。先ほど〝普段はほぼ料理をしない〟と言っていた男がいたが、そういった男でも少し教えればある程度は形にできる料理であれば、他の村に広げるのも比較的容易だと思う」

「はい。それに加えて、ファットマ領の食材には見た目で損をしているものも多いと思うのです」

　例えばカニとかタコとか、他にもイカっぽい生き物やナマコ系の生物もいる。

　タコなどは地球でもデビルフィッシュと呼ばれ、外国では食用とは考えられないという地域や歴史もあったようだし、それ自体はその国、その地域の〝食文化〟ということでいいのだけれど……そういう見た目が悪いものを食する、というのもまた食文化である。

「食べるのをためらわれる食材。その原因が見た目にあるのならば、見えなくすれば抵抗感も薄れるのではないかと思います」

「餃子は潰したものをさらに皮で包んでしまうわけだからな。1個を1口の大きさにしてしまえば外見の問題はない、か……ふふっ、ふははは！　ふごっ⁉」

領主様は話の途中で突然笑い始め、また鼻を鳴らした。

それによって村人の皆さんの目がこちらに集まる。

そんな中で、彼は気にした様子もなく続ける。

「いや、面白い。そしてよくここまで考えたものだ。これまで多くの料理人や腕自慢のご婦人がレシピを送ってきたが、料理の売り方まで考えてきたのは君が初めてだ。まぁ、料理のレシピしか募集していないのだから、当然といえば当然だがね。

しかし君には私から求めたとはいえ、その歳でこれだけのことを考え、ここまでの答えを出してくるとは思わなかった。君は恥ずかしいかもしれないが、流石は〝麦茶の賢者〟だな。いや、今は〝麦茶と餃子の賢者〟か？」

なんだか夏場に食べたくなりそうな組み合わせにされた！　だが、彼の表情は真面目な

もので、

「こちらにも色々と都合や準備があるのでな。即断はできんが、君の提案は真剣に、一考に値する。本当に納得のいく回答であった。ありがとう」

「もったいないお言葉です。それに今回この提案ができたのは、先日の温泉の件があったからです。あれがなければ、私はこの辺の魚や豆腐を使った鍋料理でも出していたでしょう」

「ほう？　それはそれで味が気になるが……確かにあの日、色々と話していたな。よければ何を思ったか、聞かせてもらえんか？」

理由となると、やっぱりあの温泉小屋で唯一必要最低限でなかった、あの手書きの地図だろう。

実際に描いてみればわかるけど、地図って案外、描こうとすると難しい。もちろん自分の家の周りとか、よく行く場所を簡単に描くならまだ分かるけど、領地の全体……しかもその主要道路や地形も含めてなんて、その土地を知り尽くしていなければ描けないはず。少なくとも俺には無理だ。

そして領地をよく知っておくのは領主としての務めとしても、せっかく山の上に作ったプライベートな空間にまで描いて飾っておくなんて、よっぽど大切か、何か理由があるかではないだろうか？

さらに地図が詳細だったから分かったことだが、あの山はどうやらファットマ領では数少ない山の1つで、最も高い山でもあるらしい。つまり、おそらくあの山の山頂がこの領地では1番高く、広く、遠くまで領地を見渡せる所。

そんな所にわざわざお墓を作らせたという話だし、どれだけこの領地や住んでいる人々を大切にしていたのか。

また、地図では俺が通ってきた道なんて全体のごく一部。それもそのはずだ。俺はマッドサラマンダー討伐を目的に、一直線に外からシクムを目指してきたから、寄り道すらしていない。ピグーさんと地図を見て話した時も、あの山の他にも温泉があることを教えてもらって初めて知った。

俺はシクムの村で楽しい生活を送らせて貰ったけれど、この領地にはまだ俺の知らない魅力があることだろう。

「そんなことを考えていたら、だんだん視点が変わってきて」

この領地の名物料理を作るには、俺は知識不足。

なら知識のある人に作ってもらえばいい。

名物料理を作る理由と目的はなにか……等々。

「そうして考えているうちに、最終的に餃子にたどり着きました。その代わり、思考に集中しすぎて領主様にも、村の方々にも迷惑をかけてしまいましたが」

「？　どういうことかね？」

「考えていたのがあの温泉にいた時で、帰る前には領主様にお願いをしましたよね？」

「ああ、今日ここに来るようにという約束か。……まさか村には？」

「はい、完全に事後承諾でした」

あれは本当に申し訳なかった。なんせ村のイベントに、貴族の領主様が参加することを、部外者の俺が！　勝手に！　決めてしまったのだから。彼らの立場では、領主様に来るなとも言えないだろう。

しかもその上で、さらに餃子のプレゼンのため、村の人にも餃子を作ってくれとお願いしている。自分で言うのも嫌になるくらい、厚かましいことこの上ない。本当に申し訳なくて、気持ちだけでは収まらず、いろいろ手伝いなどもさせていただいた……それはそれで、ちょっと驚かれたけど。

「集中すると周りが見えなくなるのか、君は」

「はい。村の皆さんが快く受け入れてくださったから助かりました」

視線が自然と村長さんへ向き、自然と頭が下がる。

「最初は驚きもしたが、領主様が祭りに来てくださるなんて光栄なこと。それに我々、特にわしのような年寄りは先代様に大恩があるから、お役に立てたのなら良かった。おまけに君は祭りのために高価な牛の肉を寄付してくれたり、この広場になんとかいう結界魔法を使って寒くないようにしてくれたり、皆が大喜びじゃ。誰も怒(おこ)っとりゃせんよ。それより一緒(いっしょ)に祭りを楽しもうじゃないか。

領主様、お連れの皆様も、まだ料理は沢山(たくさん)ありますので、どうぞ楽しんでください」

本当に、ありがたい……

「何はともあれ、丸く収まったようで良かったな。ところで、先ほどからこちらを見ている子供がいるのだが、リョウマ君に用があるのではないかね？」

「えっ？」

領主様に言われた方を見ると、ニキ君がいた。

突然視線が集まったからだろう。慌(あわ)てている。

どうしていいか分からないようなので、手招きして呼ぶことにした。

「領主様。この子は最近仲良くなった子で、今日までの用意も手伝ってくれていたんです」

「ほう、そうか。名はなんと言う？」

「はい！　ニキです！」

「そうかそうか、ニキ君か。手伝いありがとう。おかげで私は美味いものが沢山食べられた」

「そ、そうなのか？　へへっ」

珍しく緊張気味だが、それでも嬉しそうだ。

と、油断していたら、

「美味いものはまだまだあるんだ！　だよな！　兄ちゃん」

「え？」

「おや、まだ何かあるのかね？」

ニキ君は何の話をしているんだろうか？　今日作った料理はもう……

「ほら！　アレだよアレ！　兄ちゃん、実験って言っていろいろ用意してたじゃん！　また進化したスライムも使ってさ！」

「アレって、もしかして〝灰干し〟のことか？」

実はこの3日間で、新たに進化したスライムが1匹いる。

それはだいぶ前に、俺の家の炭焼き窯の中で見つけた、灰を食べるスライム。これまで目立つこともなく、毎日のんびりと灰を食べ続けていたそのスライムは、ここでのごみ（村の家から回収した囲炉裏の灰）処理で大量の灰を食べた結果、予想通り灰のスライムへと進化した。その名前とスキルは……

〝アッシュスライム〟

スキル　飛散（3）　凝集（3）　吸湿（5）　乾燥（5）　消毒（3）　消化（1）　吸収（2）　分裂（2）

アッシュスライムはこれまでになく、水分を感じないサラサラの灰の山のようなスライムで、飛散・凝集・吸湿・乾燥・消毒はおそらく、その体質（？）によるもの。移動やちょっと強めの風がふくたびに灰（体）が舞うけれど、舞った灰はやがて勝手に集まる。

さらに他のスライムのように、水を飲まない。厳密に言うと飲むことは飲むが、必要な水分量が著しく少ないようで、空気や地面の湿り気で十分。逆にあまり多すぎる水は苦手らしい。

ただし、過剰な水分には乾燥のスキルで対応できるようなので、故意に水をかけ続けたり、水に放り込んだりしなければ大丈夫だろう。むしろ吸湿スキルで空気中の湿気が吸えるなら、除湿機の代わりに活躍してくれないかと思う。

そんなスライムの利用法として思いついたのが、先ほどの除湿機ともう1つ。それがニキ君の言っている〝灰干し〟だ。

前世のいつだったかは忘れたが、会社の同僚が出張のお土産に、火山灰で作った〝灰干し〟を持ってきたのを思い出し、試してみた。

アッシュスライムが食べていたのは薪や炭といった木々の灰。火山灰ではないし、そもそも実験として作ってみたものだ。味の保証はない。

しかし、すでに興味津々な様子を隠そうともしない領主様が、視線を送ってきている。仕方ない。

「味の保証はありませんが」

「え？　灰干しもそうだけど、兄ちゃん美味いって言ってたじゃん。〝ウナギ〟とか〝カサゴ〟とか、あと〝フグ〟って」

「⁉」

「俺見てたぞ。兄ちゃん加工場からスライムの餌用にまとめて引き取った雑魚の中から、ブラッディースライム使って寄生虫のいない奴をこっそり分けてたの。今日のためじゃないのか？」

「いつ見た⁉」

ここでは〝毒がある〟という理由で食べられていない3種。

実はどうしても気になっていて、鑑定とポイズンスライムを頼りに捌けるかどうか。捌けたら安全に食べられるかどうか、その味はと密かに実験をしていた。

誰も見てない隙に、こっそり分けていたつもりなのに。

「へへっ！　バレないように分けてたみたいだけど、イタズラなら俺も得意だぜ！」

「イタズラと一緒にされた……」

と、ここで事情を知らない領主様たちに説明すると、

「やはり興味が？」

「無論だとも。毒があり食用に向かないとされ、捨てられている魚。それが実は美味しく食べられるようになれば、食料が増えるということ。領民の生活にも余裕を作りやすくなるだろう。領主としては真面目に話を聞きたい。可能なら実際に食べてもみたい」

「わしらも気になるのう……」

領主様だけでなく、村長さんまで、興味があると言い出した。そして、必要な材料や調味料は、街で大量に仕入れてあった。ドラゴニュートの技術者を受け入れているということもあってか、味噌や醤油など和の調味料もたっぷりと。

こうなっては断る理由もなく、

「かしこまりました。鑑定で確認して、毒だけは出さないようにします」

「うむ。試験的な品ということは分かっている。あまり悩まずに出してくれていい」

ディメンションホームから材料を取り出し、

「よければ私にも手伝わせてほしい」

名乗りを上げた料理長さんの協力を得て、作業開始。

そして、〝アカメの灰干しの炙り〟、〝カサゴの天ぷら〟、〝ウナギの白焼き&ウナギの蒲焼〟、〝フグの刺身〟、〝てっちり（フグ鍋）〟、〝フグのヒレ酒〟を提供。

結果……

「灰に埋めて、どうなるかと思ったが。もう1つくれんかの？」

「これは美味いでごわす！」

「ううむ……衣はさくりと、中の身はふっくらと、実に美味でござる。これを食わぬとはもったいない。もう1尾、野菜の天ぷらと、他に何か、盛り合わせで頼もう」

「美味い！　骨も気になりませんし、泥臭くもない！　いったいどうやって」

「ピグーよ、こちらのタレが塗られた方はさらに美味だぞ。それに、このてっちりとやらの上品さ、炙ったヒレを入れた酒のうまみ……我々は毒を忌避するあまり、こんなに美味いものを見落としていたのか……」

しっかりと処理、そして調理をしたウナギ、カサゴ、フグも受け入れられた。

それは良かったけれど、

「灰干しはもうありません！　天ぷらの盛り合わせは揚がりました！　えっと、ウナギは調理前にきれいな水の中に3日間は置いて、体内の泥を外に出させるんです。それと骨が多い上に硬かったので、捌く時に〝骨切り〟という処理を加え――」

「リョウマ君、説明は後で私がしておくから！　次の料理を！」

「了解です、ってそうだ！　これだけは！　フグは美味しいですが、毒に注意が必要なのは間違ってませんからね！」

「大丈夫、そこは忘れぬよ」

領主様の返事を聞いて、再度料理に集中。なぜならば、

「おーい、俺らにも灰干しってので味見させてもらえるか？」

「フグさし1つ頼む！」

「こっちは天ぷらだ！」

「白焼きと蒲焼ってのまだあるか⁉」

調理中から匂いで、特にウナギっぽいやつの蒲焼の匂いで村の皆さんが集まってきたから！

領主様が無礼講を宣言されたこともあって、もはや調理用魔法道具の周囲は人気屋台の行列と化している……

「うははは‼　こいつはいいや！」

「いつもいつも俺らの網を食い破りやがって！　来年からは俺らが食ってやる！」

「酒が足りないぞー！」

「なんでもいいいから持ってきてくれー！」

くっ、材料が尽きてきた……

「あっ、フグは終わり！　カサゴも次で最後！」

「ウナギはどうですか⁉」

ウナギはまだあるけどこのペースじゃ……！　ひつまぶしにすればもう少し大勢に分けられるかも？

そうだ、まだ肉の餃子が残ってるから出してしまおう！　せっかくだし追加の米でチャーハンも作って合わせて……

街で買った物の中に、保存食のシャッパヤがあったはず。デオドラントスライムの脱臭液にしばらく漬け置いてから、洗ってごま油で焼けばつまみに！

酒が足りない？　ドランクスライムのアルコールに果物を漬けてみた果実酒、これでもよければ提供できる！　カクテルも作れるか⁉

「おーい、向こうに余った食材があるんだけど、よければ使うかい？」

「ありがとうございます！」

なんとメイさんが余った食材を持ってきてくれた！　これでまだ戦える!!

お祭りの雰囲気のせいだろうか？

次々にやってくる村の皆さんに、若干おかしくなったテンションで。だけど妙に楽しくて。

作れる限りの料理を作り、提供。こうして祭りの夜がふけていった……

6章24話 祭りの後の願いと忠告

1人、また1人と騒ぎ疲れた子供や酔いつぶれた大人が家へ帰り、祭りもお開きとなった夜更け。俺と村長は領主様御一行の見送りに浜辺までやってきた。

「見送りはここまでで。今日は楽しかった。ありがとう」

「こちらこそ、村のものも喜んでおりました」

「そうか」

笑顔を見せる領主様。だがここで、彼は一瞬ふらつく。

「おっと、今日は少々飲み過ぎてしまったようだ……リョウマ君」

「はい」

「船に乗る前に少し酔いをさましておきたいんだが、よければ話し相手になってくれんか？」

「もちろんです」

「ありがとう。村長殿は」

「私はここで失礼させて頂きましょう。この歳になると夜風の冷えが厳しいもので」

「そうか、すまんな。ピグー、酔いがさめるまでさほど時間はかからんだろうから、皆で船の準備を始めてくれるか？」

「かしこまりました」

村長さんは村へ戻り、ピグーさん達付き添いの4人は船の準備のため離れていく。

そして俺と領主様だけが浜に残された。

風と波の音だけが聞こえる中で、領主様は大きく息を吸う。

「……ふぅ……心地よい夜風だ。おっと、リョウマ君は寒くないかね？　私はほれ、見ての通りこの脂肪があるので、今ぐらいがちょうどいいのだが」

「大丈夫です。本当に寒ければ結界魔法も使えますし」

「おお、そうであったな」

自分の腹をさすりながら、彼は陽気に笑う。

「先ほども言ったが、今日は本当に楽しかった。そして美味い料理の数々をありがとう」

「どういたしまして」

「食べることに夢中で忘れていたのだが、料理の依頼の報酬について話していなかったな。何か欲しいものはないかね？」

「言われてみれば……でも、料理のレシピの件は領内に広く声をかけたという話だったはずです。報酬も決まっているのでは？」

「灰干しに、有毒で不味いと食べられていなかった魚3種の調理法。それらもまとめての話である。餃子についてもそうだが、新たな産業になり得る情報をこれだけ貰っておきながら、報酬がレシピ1つ分ではいかんだろう。他所の貴族に知れたら、真っ当な評価や報酬の用意ができんのかと笑われてしまう。

それに正直なことを言わせて貰うと、新しいことを始めるには何かと金がかかるのでな。もちろん金銭での支払いでも構わんが、君はそこまで金へ執着があるようには見えんし、何か都合できるもので対価になるなら、その方がこちらとしてもありがたいのだ」

確かに。以前、ラインハルトさんやピオロさんも、技術は宝といっていたしな。

しかし、ぶっちゃけたなぁ、領主様は。

「欲しいもの……今考えられるのは……ああ、先ほど言っていた毒魚の調理法とその注意点はしっかり周知していただくこと、でしょうか」

今回は俺の膨大な魔力による鑑定魔法の連発と、ポイズンスライムのダブルチェックを通して安全に捌けたし、提供もできたけれど。

「やっぱり毒があることは事実ですからね」

「村の者も毒のことは十分に認識しているはず。子供でも毒については親から厳しく言われてきたはずだからな。いきなり受け入れる方が難しいと思うが」

それもそうか。

今日は祭りの空気が幸いしたのか、それなりに食べてくれた村人もいたけれど……有毒3種の中で1番の人気はウナギっぽい魚。あれは蒲焼の香りも漂っていたし、ニキ君曰く、〝よっぽど食べるものがない不漁のときには、不味いのを我慢して食べる〟ということだから、抵抗も少なかったのだと思う。

さらに2番人気はカサゴっぽいやつで、一番毒の強いフグっぽい魚の料理は、やはり遠巻きに見ているだけの人が多く最下位。

ファットマ領以外の土地の人がオクタ（タコ）やミズグモ（カニ）を食べないのと同じで、ここの人たちにとってはウナギ、カサゴ、フグを食べないのが常識なのだ。特に高齢な方ほどその傾向が強かったように見えた。

「もちろん今回、味を知ったこの村の者は注意すべきだが、そちらはひとまず祭りの途中で村長に注意もしておいた。……新たな知識や技術には、無理解、軽率、誤った使い方等々、常に危険がつきまとう。だが、それを恐れて拒絶するだけでは、成長や発展もない。

君は領民の生活を少しでも豊かにできる、そんな可能性を持つ知識を与えてくれた。ならばその知識を正しく使うべく、必要な指導を行い、管理する。またそのための規則を作るのが、我々為政者(いせいしゃ)の仕事である。私も領主として、注意と調理法の指導を徹底(てってい)させよう」

真面目な顔で言い切る領主様は、やはり信頼(しんらい)できそうな気がした。

「では、こちらをどうぞ」

そんな彼を見て、俺はアイテムボックスから取り出した書類の束を渡(わた)す。

「これは、毒魚の調理法か？」

「実験していた間の記録です。たとえば私がウナギと呼んでいた魚について。観察したら鋭(するど)い歯や捌いた時の骨が、私の知る別の種類の、鱧(はも)という魚にも似ていた。泥抜(どろぬ)きの期間は1日ではまだ泥臭くて食べられたものじゃない。2日目ではぐっと減った等々。個人的にまとめていたものです。

調理法や捌き方は料理長さんに説明して実際に見せましたが、ここには実験中のすべてが書かれています。直接必要ないこともありますが、料理長さんに話していないことも含まれているので、何かの役に立てばと」

「それは助かる！　……ありがたく受け取るが、これではまた私の方が得をしたではないか。君への報酬になっておらん」

「あっ」

ま、まぁ、これは調理法のおまけということで。

「あとは……そうだ！　領主様。温泉小屋のそばに生えていた竹を少し分けていただいてもいいでしょうか？」

たしか先日、領主様がタケノコの話をしていた。それに竹は炭焼きや竹細工の材料にもなる。上手く使えば便利な植物だ。植える場所は鉱山のどこかに専用スペースを作ればいいだろう。

そう言うと、領主様は数秒こちらをじっと見て、ため息を吐いた。

「欲がないな……竹なんてこの前見た通りいくらでも生えておる。どうせ放置していたものだから、好きなだけ持って帰って構わんよ。他にないかね？」

ん～、そうなると無難にお金？　なんだかなぁ……他に価値のありそうなものというと、

「ファットマ領の名産品って魚以外に焼き物もあると聞きましたが」

「うむ。粘土もよく取れるのでな。焼き物が欲しいのか？」

村で料理をしていた時に、使い勝手がよさそうな土鍋があった。あれはいくつか買って帰りたい。それにギムルでは木製や金属製の器が主流だから、持って帰ったら珍しがられるかも。いくらか余分に買って、セルジュさんのお店に持ち込んでみようか。

あとはいい焼き物があったら、お店の応接室に飾ってみるのもいいかもしれない。残念

ながら、俺には美術方面の知識は皆無と言っていいから、よく分からないけど……

「そういうことなら、屋敷にある壷を1つ進呈しよう。それなりに価値のあるものだから、店に飾るといい。あとは懇意の焼き物屋を紹介するので、土産や売り物はそこで仕入れなさい。良心的な店だから、色々と相談に乗ってくれるはずだ」

　考えを伝えると、すぐに手配していただけることになった！

「ありがとうございます」

「構わんよ。これは私の依頼に応えてくれた君への正当な報酬なのだから。それにラインハルトからも頼まれているしな」

「それはそうですが、それでもです」

「ふふっ……そうだ、私とラインハルトの関係について話したことを覚えているかね？」

「はい。領主様はラインハルトさんの先輩なんですよね。そしてラインハルトさんは、ラインバッハ様の息子として周囲から色眼鏡で見られて、不自由な生活をしていたと」

「その通り。私の父もこの地での道造りという偉業を成し遂げたが、ラインバッハ様の功績はそれを遥かに凌ぐ偉業だ。後継者として、受けていた重圧も大きかっただろう。それに何より、公爵家には敵も多い」

「そう、ですよね」

「貴族社会は蹴落とし合いに派閥争い、そんなことが日常茶飯事だ。妬みや嫉みも数え切れんからな」

ありがちな話だ……

「尤も公爵家という家柄。それに伴う歴史と権力。さらに先代のラインバッハ様個人の功績、神獣との契約。少なくとも彼が存命の間、正面から喧嘩を売るような輩はいないだろうが……実は最近、ラインハルトの領地が荒れている、という噂を頻繁に聞くようになった」

「!!」

「あいつは優秀な男だ。学生時代は常に、どのような分野でも上位5人の内に入る優等生だった。そしてその成績を支えていたのは、他人の数倍の努力。あいつは……いわゆる天才型の人間ではなくてな……もちろん無能だとか、才能がないというわけではないのだが。いや、私が言いたいのはそういうことではなくてな」

少し迷ったように、そして夜空を数秒眺めた領主様は、その状態のまま再び語り始める。

「これは貴族としてでなく、依頼でもない。私、ポルコの個人的な希望なのだが……できるだけラインハルトの力になってやってもらえないだろうか？　あいつは優秀だが、1人では領地の経営は行えない。それにあいつは1人で悩み、抱え込みがちな奴なのだ」

「そうなのですか？」

「？　意外そうだな？」

少し……だって抱え込みがちだとか、他人を頼るようにというのは、むしろ俺がラインハルトさんに心配されていたことだから。

そう伝えると、

「ぶっ！　ぶはははは っ！　ふがっ！」

またいつもの？　大笑い。

「すっ、すまんな。しかし、くくっ。そうか、あいつが〝他人を頼れ〟と言ったのか。学生時代と今では違って当然ではあるが、あの抱え込み癖は治ったのか？　昔はそれで潰れかけたこともあるというのに。いや、もしかすると自分の経験からの言葉かもしれんな。ふはっ」

領主様は少し雰囲気が明るくなり、楽しげに頷いている。

「ふぅ……周囲に頼れる者がいるなら安心だ。そこに君もいてくれるなら尚更に。今回、依頼をしてみて分かったが、君は我々とは少し物の見方が違うようだ。そして幅広い知識も持っている。ラインハルトが抱え込みたがるのも無理はない。紹介状で釘を刺されていなければ、私が雇いたいくらいだ」

光栄です。と言おうとしたら、

「だが、それだけに気をつけた方が良かろう」

楽しげだった領主様は一転、俺を正面から見据え、真面目に語りかけてくる。

「私が君に出した2つの依頼。あれらは〝麦茶の賢者の噂を聞いて〟依頼するつもりだった、と前に話しただろう？　あれだけで〝ギムルを拠点とする冒険者のリョウマ君〟とまでは知られずとも、ある程度の話題が世間に広まりつつある、ということだ。興味を持って調べれば、私のようにセムロイド一座の者を呼びつけるなり、現地に部下を送って探りを入れるなりして情報を得ることもできるはず。

私はラインハルトに釘を刺されておるし、君がこれまで何をしてきたかを根掘り葉掘り聞くつもりはないが……世の中には、金になると踏めば簡単に悪事に手を染める輩がいる。貴族だとしても、私やラインハルトのような相手ばかりではないからな」

さらりと言われた、〝これまで何をしてきたか〟……領主様は口にした以上のことを知っている。そんな気がする。その上で、忠告をしてくれているんだ。

「ご忠告いただきありがとうございます。気をつけます」

「うむ。せっかくラインハルトと親しいのだから、あいつの権力を上手く使わせてもらうといい」

そう言うと彼は大きく体を伸ばし、

「さて、そろそろ酔い覚ましもいい頃だろう。あまり長すぎても体に悪いのでな」

言いたいことは言ったとばかりに、帰り支度を始める領主様。

もしかすると、俺に忠告をするためにわざわざ時間を作ってくれたのかもしれない。

こういう心遣いは本当にありがたい。

「おっと、そうだリョウマ君。君はいつギムルに戻るのかね？」

帰りの旅の準備もあるし、ギムルにいる皆さんへのお土産を買いたい。

あとは今日の用意で後回しになっていたけど、マッドスライムも捕獲しないといけない。

全部合わせて、あと数日はお世話になる予定だった。

しかし、ラインハルトさんの領地が荒れているという話が気になる。店の経営は信頼できるカルムさんに任せてあるし、警備はフェイさん達がいるから大丈夫だろうけど……無理のない程度に予定を早めよう。

「明日のうちにできる限り準備を整え、早ければ明後日にでも出立したいと思います」

「なるほど。では明日の朝一で例の陶器を扱う店には話を通しておこう。我が家からの壷もその時に預けておくので、そこで受け取って欲しい。年末は社交の季節で、我々は色々と準備があるのでな」

「承知いたしました。お忙しいところありがとうございます。色々とお世話になりました」

「こちらこそ楽しかったよ。では」

領主様は、最後に陶器のお店の名前を告げて、桟橋から船へ。

そして湖の向こうへと帰っていった。

6章25話　あわただしい出立

終漁祭から2日。

昨日の時点で買い物などは済ませたので、今日の目的はマッドスライムの捕獲。セーレリプタから泥魔法を使えば見つかると聞いているが、ぶっちゃけ俺は使ったことがない。だけど、以前泥魔法を見たことはあるし、水魔法と土魔法の組み合わせなのも分かっている。複数の属性を組み合わせた魔法も使ったことはあるから、やってみれば何とかなるだろう。

ということで、

「兄ちゃん！　ここだぜ！」

朝からニキ君と一緒に、森の中で特に地面がぬかるんでいるという場所へやってきた。

「よーし。じゃあ早速やってみるぞ」

泥魔法……泥とは簡単に言うと、〝水と土の混合物〟。

水魔法で使う水属性の魔力と、土魔法で使う土属性の魔力。

2種類の魔力を混合し、地面の泥へと染み込ませるように。

使用する魔法は、水魔法のウェーブのように、泥を波立たせるイメージで。

名前をつけるとしたら、

「『マッドウェーブ』！」

発動と同時に、ぬかるんだ地面に小さな波紋が生まれ、泥の波となる。

それが周囲の木々の根元に押し寄せ、飲み込んでいく……そんな時だった。

「うわっ⁉　兄ちゃん出てきた！」

「ああ……こんなにいたのか」

魔法によって波立たせた泥が不自然な動きをしたかと思えば、次々と泥団子のようなものができていく。その数、ざっと見積もって30。水分過多ですぐにでも崩れそうなそれは、慌てたように俺達から距離をとろうと蠢いているが……

「捕まえよう。打ち合わせ通りに」

「よっしゃ！」

陸上を這うマッドスライムの動きは他種のスライムと同じ、いや、それ以上に遅いようだ。

ニキ君が次々と掬い上げては、俺がアイテムボックスから取り出す壷へ放り込んでいく。

予想以上に数が多く、数匹は再び泥に同化して逃げてしまったけれど、それでも今回だけで27匹の捕獲に成功。魔獣鑑定で調べてみると――

〝マッドスライム〟
スキル　飛散（3）　凝集（3）　保湿（5）　消化（1）　吸収（2）　分裂（2）　同化（泥）（5）

「へぇ……」
「兄ちゃん、何か分かった？」
「ああ、スキルはアッシュスライムに近いね」

飛散と凝集はそのままだし、乾燥の代わりに保湿がある。そして特筆すべきは同化（泥）。（）がついているスキルは初めて見たが、おそらくこれは同化できるのは泥限定ということだろう。

これでまた1種類、新たなスライムが手に入った。しかしたった1回で30近くを捕獲できるなら、もう少し探し回ればビッグやヒュージになれるだけの数を集められるかもしれない。

できればもっと集めたい、ということをニキ君に話すと、
「それじゃあ他にも色々回ってみようぜ！」

と、快く了承してくれた。

■　■　■

こうして2人で森の中を駆け巡ること数時間……

泥魔法を使うとマッドスライムは面白いように発見できて、魚釣りなら〝入れ食い〟というやつだろう。たまに休憩をはさみながら、場所を変えて無理なく集めたつもりだが、600匹以上を捕獲、契約に成功した。

どこで魔法を使っても4匹や5匹は必ず出てくるので、もしかしたらこの辺の泥は、ほとんどがマッドスライムなのではないかと思えてきたほどだ。

「あっ」

「どうした？」

「ほら、あっち」

「あ、秘密基地の木か」

ニキ君が指差す方向を見ると、以前の家出騒動で見覚えのある木が立っていた。

「ちょっと待っててくれよ！　すぐ戻るから！」

そう言って彼は、木の根元にある秘密基地へ入っていく。

どうしたのかと思いつつ、太く張り出た木の根に腰掛けて待つ。

2分ほどで穴から出てきた彼は、両手で何かを包むように持っている。

「お待たせ。これ、兄ちゃんにやるよ」

「これは？」

大きさの不揃いな、ただの石のようだけど……それが一握り。

「それな、〝湿光石〟って言うんだ。泥の中にあるんだけど、暗いところで濡らすと光る、すげー珍しい石なんだぜ！」

「へぇ……」

そういえばあの家出騒動の時、秘密基地の中に光源があった気がする。あの時はよく見ていなかったけど、これだったのか。でもどうしてこれを俺に？

「兄ちゃん、今日で帰っちまうんだろ？　色々教えてもらったし、記念にやるよ。俺はもういらねーから」

「いらないのか？」

正直、ファンタジー鉱石っぽくて興味深いし、嬉しい。

だけど、秘密基地の明かりに使っていたのでは？

「ここはまだ子供が入っていい場所だけど、村からはやっぱり離れてるだろ？」

「確かに」

「前みたいなことがあったら危ないからって、父ちゃんと母ちゃんとよく話してさ……せっかく作った基地だけど、もっと村の近いところに作り直すことにしたんだ。父ちゃんと母ちゃんが心配しねーように、もっと見えるところに作る。もう新しい場所も決めてるから。だからこの石はいらねーんだ」

「そうなのか。偉いな」

「へへっ、俺ももう大人の手伝いができるくらいには大きくなったからな！　いたずら小僧は卒業だぜ！」

どうやら罰で処理場の仕事を手伝わされたことを言っているようだ。でも考えてみたら処理場での仕事は楽しそうにしていたし、あれがいい経験だったのかもしれないな。

……この元気が有り余る様子だと、イタズラ小僧卒業はまだ先かもしれないけど。

「なら、これから帰って基地を作るか」

「スライムはもういいのか？」

「もう６００匹は捕まえたからな。それとさっきの石のお礼に協力するよ。便利な魔法も使えるし、遠慮なく言ってくれ」

「じゃあ、木の上に基地をつくったりできるか？」

ツリーハウスか。簡単なものなら、なんとかなるかもしれないけど、

「とりあえず現場を見てからだな」

ということで急いで村に戻り、建設予定地を見せてもらう。

そこは村と森の境目。俺も何度も訪(おとず)れている、村で使う薪や木材の採取場の一角。

他の木よりも太く育って、切りづらいため放置されていた大木に目をつけたようだ。

「この木の周りなら使っていいって、父ちゃんが村長や皆に許してもらえるように話してくれたんだ。それに作るのも手伝ってくれるって」

「へぇ……幹も枝も太いし、これならある程度の重量は支えられそうだ」

問題は基地にするスペースだな。

道すがら、具体的にどんな基地にしたいのかを聞いてみたところ、小屋を載(の)せる感じだと彼は話していた……

「……よし！　『ディメンションホーム』」

この村で進化したワイヤースライムに出て来てもらう。

「兄ちゃん？　この木、切っちまうのか？」

ニキ君は不安そうだが、今回のワイヤースライムは木を切るためではない。

安心するよう一声かけて、ワイヤースライムに指示を出す。

このマングローブに似た木は、枝分かれが多い。

その枝にワイヤーをかけてもらい、引っ張り、曲げることで股の部分に空間を作る。

この状態で、

「『グロウ』！」

植物を成長させる木属性魔法を使用。すると魔法をかけられた枝がごく僅かに成長し、ワイヤーが食い込む。この曲がった状態のまま成長を強制することで、枝の向きを矯正するイメージで魔法をかけていく。

「すげぇ！　木の形が変わってく！」

「こうやって人工的に木々の形を変えて、自然を表現する〝盆栽〟っていう芸術もあるんだ。本来は鉢植えに植えた木で、何年も何十年もかけて形を整えるものだけど、ねっ！」

細くて良くしなる枝を思い切り引き、隣の木の枝に絡めて固定。互いに互いを支えあうよう巻きついて太くなった2本の枝は、俺がぶら下がってもビクともしない。ここにはブランコを設置しよう。ツリーハウスと言えばブランコ、違うだろうか？

「俺もやるよ！」

「よし、ワイヤーをかけるから引くのを手伝ってくれ」

こうして大木の枝ぶりを矯正し続けること1時間。

幹から分かれた枝は放射状に、一度横方向へ伸びた後、先端(せんたん)が上向くような形に。

だいぶいびつな形ではあるが、巨大(きょだい)なテーブルのように見えなくもない。

これなら木々の隙間(すきま)に板を渡すことで、十分なスペースの小屋が作れるだろう。

「さて、後はブランコの設置と、上りやすくするために縄梯子(なわばしご)でもつけて終わりかな」

「小屋は？」

「そっちはお父さんに頼め。手伝ってくれる約束なんだろ？」

「そっか、それもそうだな！　父ちゃんとスゲー基地を作る！　そんで兄ちゃんがまた来たときに見せてやるよ」

同意を得たら、適当な木材を用意。

そして2人で縄梯子とブランコを作り、設置して、

『完成！』

土台だけではあるけれど、中々いい場所ができたと思う。

それに、そろそろいい時間だ。

「帰るのか？　兄ちゃん」

「村の皆さんに挨拶(あいさつ)してからな」

一応、今日のうちに村を出ようと考えているとは伝えてあるが、挨拶もなく帰るのは失礼だ。

作業の跡をざっと片付けて、村へ、そしてお世話になったホイさんのお宅へ戻ると、

「おっ！　戻ってきたぞ！」

シクムの桟橋の皆さんはもちろん、表には村の人達が大勢集まっていた。

何事か？　と思う間もなく、

「坊主！　帰っちまうんだってな！」

「は、はい！　お世話になりましたっ⁉」

「何言ってんだい！　お前さんも漁や祭りの手伝いしてくれたろ！」

「どうせならもう少しゆっくりしていけばいいだに」

「せっかく漁が終わって落ち着いたってのにねぇ」

「あ、ちょ、っ！」

老若男女。大勢の人に取り囲まれ、それぞれが自由に話し始めた状況に戸惑っていると、

「待て待て待て！」

「リョウマ君が困ってるから」

「落ち着いてください」

カイさん、ケイさん、そしてシンさんが割り込んで、さらにセインさんとペイロンさんが俺を人の中から引き抜いて助けてくれた。

「大丈夫か？」

「ありがとうございます。助かりました」

「すまないな……皆、見送りに来ただけで、悪気はないんだ」

「漁が終わると一気に暇になるからな。ったく」

そんな話をしている間にも、人が増えてきているようだ。

「リョウマ、これ持ってきな」

「夜にでも食べなさい」

おっと。家の中からメイさんとおふくろさんが出てきて、大きな葉っぱの包みをくれた。中身はお弁当なのだろう。香ばしい香りが漂ってくる。

さらに、２人の後ろからは親父さんがのっそりと出てきて、一言。

「道中……気をつけろ」

「ありがとうございます。それから、今日まで本当にお世話になりました！　滞在中、とても楽しかったです！」

ここに集まった皆さんに聞こえるように大声で、頭も下げると、

「楽しかったならよかったねぇ」

「おーい、これも持っていけや」

「マッドサラマンダーの干し肉いるか？」

「なんならまた来たらええ」

「これ、去年のだけどもまだ食べられっから。不味くなっとったら、スライムにあげて」

再びそれぞれが勝手に話し始め、人によってはお土産や食料をくれる。

あわただしくて戸惑いもするが、温かく、そして楽しく感じる人の輪……

正直なところ、こんなに大勢の人達に見送ってもらえるとは思わなかった。漁が終わって時間があるということもあるだろうけれど……

かけられる声は止むことなく、少々名残惜しいけれど、また来たらいい、来たいときに来なさいと皆さん口々に言って下さる。だから、しんみりとする必要もなく。

「ありがとうございました！　また来まーす！」

「元気でなー！」

「また来いよ！　絶対だからな！」

「手紙も待ってるぞー！」

最後の最後まで騒がしく見送られた俺は、いつかまた訪れることを約束し、お世話になった村を出たのだった。

6章26話

閑話・神々の裁判とセーレリプタの真意

リョウマがシクムの村を出てしばらくの時が経った頃。神界では9柱の神々が一堂に集っていた。8柱の神々は車座になり、その中心には残された1柱であるセーレリプタが石の椅子に座らされ、さらに薄く光を放つ鎖で拘束されている。

「……ねぇ、さすがにこれだけ囲まれてたら逃げる気もしないしさぁ～、これ解いてくんない？　あとこの椅子硬いし不快だし」

「それくらい我慢なさい！　貴方、自分が何をしたか分かってるんですか⁉」

「ルールを破ったことは分かってるけど、ぶっちゃけこれ無駄じゃん。約2名足りないけど、8柱もいればボククらい、何があっても押さえ込めるでしょ」

「そりゃそうだ」

「だからといって、拘束を緩める理由にはならん」

不満げなセーレリプタの言葉に戦の女神キリルエルが同意するが、それをたしなめるように魔法と学問の神であるフェルノベリアが切って捨てる。

「それはそうと、メルトリーゼとマノアイロアはまだ来ないのか？」

「ううむ……一応声はかけたが、やはり来ないみたいじゃな」

「マノアイロアは気分屋だからね……」

「メルトリーゼはずっと寝(ね)てるし」

「もう待っても無駄だろ。さっさと始めようぜ」

　テクンの一言で、創造神であるガインがそれぞれの顔を見る。

「全員集まるのが理想ではあるが、始めるとするか。今回の議題は皆、もう分かっている通り、転生者である竜馬(りょうま)君の魂(たましい)に手を出したセーレリプタの処遇(しょぐう)を決める。ちなみに手を出した行為(こうい)そのものについては、ウィリエリスとグリンプが現場を押さえ、セーレリプタ自身も認めておる。相違(そうい)ないな？」

「間違(まちが)いありません」

「間違いないだよ」

「ボクもそれは認めるよぉ」

「ということだ。皆、知っているとは思うが、生物の魂に手を出すのは我々神にとっても禁忌(きんき)に近い。それを犯(おか)した以上、無罪放免(ほうめん)とはいかん。だが、どの程度の処分が適当かは議論する余地がある。

誰か意見を出すもの。あるいはセーレリプタを弁護するものはおらんか？」

ここで真っ先に声を上げたのはキリルエルだった。

「言いたいことはあるけどさ、まずは本人の口から何でそんなことをしたのか、理由を聞かせてもらいたいねぇ。そもそもセーレリプタが自分から出てきたり、人と関わることがもう異常じゃないか」

「と、いうことだが」

視線を集めたセーレリプタは、キリルエルに不快そうな視線を送ってから口を開く。

「理由って言われてもねぇ～、君らだって竜馬君とは会ってるんだろう？　ボクも興味を持っただけさ。魂に手を出したのは、本人を調べるため。なんか、異常が出てるって話だったし。

あとボクはあんまり転移者に興味を持たない方だけど、それを言うならフェルノベリアだって同じだろ？　別におかしなことじゃなくない？」

「私のことは否定はしない。だが魂に手を出すというのは流石にやり過ぎではないか？」

「ボクだって最初は少し話を聞いて心を読む程度で済ませるつもりだったさ。色々と見誤った、ってのが正直な気持ちだねぇ。だからボクだって少しは悪いと思ってるし、だいぶ素直に反省しているつもりなんだけどねぇ」

「とてもそうは見えませんが……その〝見誤った〟とは？」

「ウィリエリスにはもう何度も言ったじゃん……色んな意味で。最初は今言った通り、質問と読心で済ませるつもりだったんだ。そのためにほんのちょっと、感情を出しやすくしたつもりだったんだけど、思わぬ抵抗というか、最終的にはほぼ無効化されちゃったんだよねぇ……おかげで精神操作してたことが彼にバレちゃってぇ、警戒されてぇ、本人も自分がやったことの自覚はないしで、もう魂を直接調べさせてもらうしかなかったのさ」

それを聞いた神々は頭を抱えたり、苦笑いを浮かべたり、それぞれの反応を示したが、おおむね共通していたのは〝呆れ〟であった。セーレリプタのやり方はやはり、褒められたものではなかった、と。

しかし、

「神の力への抵抗、そして無力化。こんなことのできる人間の魂を調べずに放っておくなんて、できるかい？」

続いた言葉に、神々には僅かな迷いも生まれた。

人間が神の力に抵抗、ましてや無効化するなど、まずありえないことだからだ。

「地球から来た転移者の魂には多かれ少なかれ、異常があったらしい。竜馬君は特にそれが顕著。話は聞いているけどさぁ……神の力の無効化となると、調べもせずに放置しておくのは、流石に危険すぎると思わないかな？」

「ふむ。万が一の場合、我々を脅かすことが可能な力を持っているかもしれない。だから自分は調査を強行したのだ、ということかの？」

「放っておいて良いことはないとは思ったから、念のためって感じかな。

そもそも生物が死ぬとその魂は時間をかけて、また新しい命として生まれ変わる……魂に手を出すのが禁忌とされているのは、ボクらが手を加えた魂はその〝正常な転生〟ができなくなるから、ってのが大きいでしょぉ？

その点、転移者の竜馬君はもう既に一度、この世界に来るときに手を加えられているから、死後は特別に処理されることが決定している。強引にやったから苦しめちゃったけど、それ以上本人への影響はないように配慮したつもりだよ。

……あそこでウィリエリスが飛び込んで来なければ、もっと安全に終わらせられたと思うけどね」

「なんですって？」

「まあまあ」

余計な一言に大地の女神ウィリエリスが反応。

不穏な空気が流れるやいなや、農耕神のグリンプがなだめに入る。

「ウォッホン！　つまり必要性を感じて、最低限の注意は払って行ったというわけじゃな」

「まぁね。事前に連絡なく、独断でやったのは悪いと認めるよぉ。でもあの時はボクらの関係最悪で、そんな状況じゃなかったからね」

「無断で精神操作した挙句に、気づかれればそうなるのも当然じゃろう」

「ま、そうだよね。仕方な――」

「で？　お主、何を隠しとるんじゃ？」

「――え？」

呆れた様子ではあるが、ガインの視線はセーレリプタを貫かんばかりに鋭かった。

そしてそれは、他の神々も同じく。

「オラ達が一体どれだけの付き合いだと思ってるんだべ」

「心の底から残念ですが、我々は数え切れない年月を共にしてきたのですよ」

「今日のお前は素直すぎるんだよなぁ」

「貴様の口から少しでも〝悪かった〟という言葉がでてくるとは、気味が悪い」

「あなた、そんな殊勝なことを言う性格じゃないわよね」

「ひねくれ者のテメェらしくねぇんだよ」

「いつもなら開き直って、責任転嫁でもしてるんじゃない？」

グリンプ、ウィリエリス、キリルエル、フェルノベリア、ルルティア、テクン、そしてクフォ……7柱の神々から容赦なく投げかけられた言葉に、セーレリプタは顔を引きつらせる。

「そこまで言うかな……」

「事実だろうが」

「それよりとっとと隠してることを吐けよ」

「これまでの話も嘘ではないのだろうけど」

「結論を出すのはすべての話を聞いてからにすべきだろうな」

「くだらない理由でないことを期待しますよ。でなければ――」

「あー、もう！　分かったよぉ……話してあげるよぉ」

しかし、セーレリプタはため息をついて、愚痴るように話しはじめた。

「聞いても意味のないことだと思うけど」

「それはこちらが判断することだ。貴様は聞かれたことに答えればいい」

「……フェルノベリア……さっきから貴様貴様って、いくらなんでも失礼じゃないかい？　ボクらは立場こそ対等、とはいえボクの方がはるかに年上なんだけど？　インテリぶってるくせに礼儀知らずってどうなのぉ？」

「神のルールを犯し、処分を待つ身で何を言うか。これだから無駄に年月だけを重ねた老害は」

「いい加減にせんか！」

いきなり睨み合いを始めた2柱。そしてガインの一喝。

「フェルノベリアは落ち着きなさい、それからセーレリプタは話を逸らそうとするな。話が進まん」

「ちぇっ」

「失礼した」

「はぁ……アイドルのライブ見て癒されたい……」

まとめ役の苦労があるのか、こぼれた本音には誰も触れず。改めてセーレリプタが口を開く。

「ボクが言わなかったのは竜馬君について、っていうか、彼を送り出した地球の神についてかなぁ。結論から言うと、趣味の悪いやつだってことが、竜馬君の魂を調べた時に分かったんだ」

「趣味が悪い？」

「ガイン達から聞く限り、なんか色々とやってるみたいだし不思議でもないが」

「うん、その色々に関係することだと思うけどぉ。とりあえず皆は〝育成シミュレーションゲーム〟って分かるかな？　竜馬君の世界の遊びなんだけど……簡単に言うと、専用の機械に情報を入れて、命を持たない擬似的な人間や動物、作物を育てる遊びがあるんだよ」

「まるで私達が人類や自然、動植物を見守るような遊びですね」

「ああ、珍しく意見が合ったね。ウィリエリスの言った通りだよ。だけど育成シミュレーションゲームはね、〝対象に命や魂がない〟のさ。ゲームで育成するのは情報の塊だからね。どんなに本物そっくりに作られていても、命のある存在ではない。だからこそ、どんなこともできる。命のないデータ上の存在なら、どんなに非道なことをしてもリセットで元通り。なかったことにしてしまえる。それがゲームと現実の違い、なんだろうけど……地球の神にとっては、どっちでも同じなんじゃないかな？」

『!!』

「それはつまり、地球の神は、命ある人間を使って育成ゲームをしていた、って言うの？」

ルルティアの声には静かな怒りが滲み出ていたが、問われた方はさらりと答えを口にする。

「少なくとも竜馬君の場合はそうだと思うよ。ルルティアは彼の転生担当だから、彼が武術を始めとして、色々な才能を持っていたのは知ってるよね？」

「ええ、前世ではほとんど無駄になるように与えられていたみたいだけど」

「それ、ほんの一部だよ。竜馬君には他にも多数の才能が与えられてたみたい。ご丁寧に、魂の奥の方を直接調べなきゃ分からないように隠してあったから、ボクらの目を欺くための囮って言った方がいいかもしれないけど」

「なんですって⁉」

「はっきり言うけどぉ、嘘はついてないよ？」

「確かに、セーレリプタがそんな嘘をつく理由はないよね。僕らがもし竜馬君の魂を調べれば分かってしまうことだし、魂を直接調べるなんて理由もなくやることじゃないから、まず分からない。隠すには最適だ」

「クフォの言うことはわかるが、そんなことまでして何の才能を隠したんだ？」

「〝殺人〟」

『⁉』

「他にも〝強盗〟とか〝窃盗〟とか、犯罪と聞いて思い浮かぶ行為には一通り才能が与えられてたと思う。ただ、目的に必要なかったからだろうけど、性犯罪系はなかったねぇ。多かったのはさっきも言った〝殺人〟とか〝虐殺〟とか〝惨殺〟、とにかく殺すことに特化させたかったみたいで――」

「ちょっと待て！　んじゃ何か？　地球の神は竜馬を殺人鬼に育てたかったたってことか？」

「……説明してるんだから、最後まで聞いてほしいなぁ……まあいいけど。目的のためには凶悪な犯罪者にした方が〝都合がいい〟って感じじゃないかとボクは思うね。とにかく不幸にして、不満を溜め込ませて、何かの拍子にカッ！　となって人を殺させて、後戻りできなくしたかったみたいだよ。

　あと竜馬君が扱う才能は刀とか弓とかの古い武器限定で、銃器を扱う才能はないのに、わざわざ少しは興味を持つようにしてたみたいだから、〝達人は武術と原始的な武器で、銃火器にどこまで対抗できるか〟とか〝何人殺せるか〟みたいな実験がしたかったんじゃないかな？　犯罪者になれば警察に追われるだろうし、凶悪犯として反抗を続ければ、銃火器の訓練を受けた特殊部隊が出てくるかもしれない。

　まぁ、実現はしなかったみたいだけどね」

　セーレリプタはさほど感情を込めずに淡々と話を続けたかと思えば、突然真面目な顔をする。

「ここまでボクの推測も含めて説明してきたけど、勘違いしないでほしいのはぁ、竜馬君はべつに悪人じゃないってこと」

「そんなことはセーレリプタに言われなくても分かってるよ」

「そうね、それに悪人だったらそもそもこの世界につれて来るわけないじゃない」

「同感じゃが、そうなると地球の神はやることが中途半端な気がするのう……どう思う？フェルノベリア」

「同感だ。その気になれば、運命を定めて宿命とし、思い通りの人間を作ることは難しくないはずだ」

「でもそれじゃ〝面白くない〟でしょ。だって神が遠慮なく力を与えたら、結果は分かりきってると言ってもいいんだから。

地球の神は才能だけ与えたり、わざと不幸な環境を整えたり。回りくどい方法を使ってランダム性を与え、自分も結果がどうなるか分からないようにして、なおかつ人の域を外れ過ぎないように調整してたんじゃないかな？」

「……なるほど、そういう見方もあったか」

「胸糞悪い話だな、ったく……」

「でも、その〝遊び〟があったからこそ、竜馬君は死ぬまで自制を利かせて普通に生きてこられたんだろうねぇ。ちなみに精神操作への耐性が異様に高いのも、竜馬君が地球の神

の想定以上に自制を利かせて誘惑に抗ったからだね。シミュレーションができなくなるくらいに。

おかげで何度も犯罪の才能を付け足しては誘導しようとした痕跡があったし、かなり強引な運命操作もしたみたい。魂に手を加えられたのも1回や2回じゃないよ」

「それで耐性がついたのね……」

「ま、もてあそばれた本人は神の事情なんか知らないし、完全に無自覚だけど大したもんだよ」

ウィリエリスが呟いた直後に添えられた一言。すると今度は隣に座るグリンプが、納得したように口を開く。

「だからあの時、あんなことを言っただな」

「あー……グリンプ、それここで言う?」

ここで初めて、飄々としていたセーレリプタが表情を歪めた。

まるで言われたくないことを言われたとばかりの反応に、他の神々の注目も集まる。

「『ボクは君が〝本当の意味で〟幸せになれることを祈っているよ。近い将来、君の身の回りは騒がしくなるだろうから頑張って。それまで、もうしばらくは平和な村の生活を楽しんで。そしてもし、いつかどうしても生きるのが辛くなったら、ボクのところへ来るといい』……だったべか？　らしくないことを言っていたから、気になっていただよ」

「はぁ……きっと彼の前世では、誰かに腹が立って殺してやりたい！　と思うことが沢山あったと思う。他にも誰かを殺す原因となりそうなこと、犯罪への誘惑もあったんじゃないかな？　それでも彼は殺さなかったし、罪を犯さなかった……たとえそれが偽善であったとしても、無自覚だったとしても、死ぬまで貫いたわけだ。

　普通の人生を送っていたというならまだしも、神の誘惑に人の身で抗いながらと考えたら、敬意を抱いたと言ってもいいくらいさ」

「そう言われると確かに、とんでもないことよね」

「地球の神が遊び半分だったとはいえ、生半可な精神力では耐え切れないだろうな」

「悔しいけど、地球の神って私らよりもだいぶ格上だろうしな……」

「まぁ、幸い魂がこっちの世界に来たことで、もう地球の神は彼に手出しができなくなったはず……なんだけど、彼の魂に刻まれた前世の〝経験〟。それにより形成された〝人格〟はそのままだからねぇ。まだ不安なこともあるんだよ」

　そう語るセーレリプタの表情はさらに歪み、

「〝ダメな子〟だと親や周囲に言われながら育った子供が、自分のことを〝ダメな子〟だと思い込んでしまうように、地球の神の遊びは竜馬君の人格形成に多大な影響を与えて、そして歪めてしまってる。

尤も親や周囲にダメな奴と言われても〝自分〟というものをしっかり持って、自信を持って生きてる子もいるし、竜馬君もそれに近いタイプだったんだろうけどねぇ……与えられたであろう〝強烈な犯罪や殺人への誘惑〟に対抗するための自制心が強すぎたっていうか、そうならざるを得なかったのもあるんだろうけど、自省や自粛が過剰なんだよね」

「ん？　ちょっと待った。竜馬ってそんな奴だったか？　あいつ、普通に盗賊討伐とかしてただろうが」

「うん。その辺が話を余計にややこしくするんだよね……盗賊討伐に関しては、単純に自分が今いる国の法を遵守して、順応してるだけ。無駄な殺生はしないけど、自衛とか食べるためなら殺すことに対してはほとんど抵抗がないみたい。

だけど、その〝殺すことにほとんど抵抗がない〟こととか、あと彼って戦うと結構やり過ぎる傾向があるだろう？　本人に〝自覚〟はないけど、本能的な部分では、もう自分の内側に抱えた才能やその危険性をうっすら感じてるんだよ。そしてそれは自分の未熟さ故と、自分を責めてしまう」

「あっ⁉」

「どうしたんじゃ？　クフォ」

「いや、今の話で思い出したんだけどさ。竜馬君が公爵家の人々と別れて突然鍛え始めたのって、鉱山で暴れたからじゃなかったっけ？」

「あら、そういえばそんなこともあったわね」

「俺も思い出した。だがありゃ相手が悪かったんじゃねぇか？　確か子供を脅して儲けを奪おうとした不良冒険者だろ？　ついでに竜馬本人も脅そうとして」

「そうなんだけどねぇ……彼、こっちに来て若返ってるだろ？　精神面もやや幼くなってるせいで、前世では引き締めていたタガが緩んだみたいでさ。ほんのちょっとだけ感情に流されかけたみたいなんだよね。それで慌てて引き締め直そうとしてる感じ。

　それまでの森暮らしでは狩猟という形で〝生き物を殺す〟という行為が身近にあったし、あとは盗賊との戦いも、タガを緩めた原因の一端かも？

　正直ボクは、怒りや恨みから殺害を考えてしまうこと、それ自体は感情のある人間なら、ある意味当たり前にあることだと思うけどねぇ。それを実行するかしないかはまた別の話だし、むしろ何があっても、まったく何も感じないって方がおかしいと思うし」

「……つまり、竜馬は殺しを生きる上で必要なこととして受けいれている。だが、同時にそれを異常と受け止めて自分を危険人物とも考えている。矛盾しているようだが、こういうことか？」

「あー、うん。確かにフェルノベリアの言ったことが一番近い表現かも。自分を危険人物と認識してる。だから人の輪に入りたがるくせに、いざ入ってみると違和感を覚えるんじゃないかな？〝自分の居場所はここじゃない、自分はこんな所にいていい人間じゃない〟って。

さらに付け加えるなら、〝他人に優しく、自分に厳しく〟？　善良であらねばならない、無欲であらねばならない、人の役に立たねばならない、さもなくば己に生きる価値なし……とでも言えばいいのかな？　人間的に言えば美徳だと思うけどぉ、竜馬君の場合はこれを無意識に、徹底しすぎている感じかなぁ。とにかく自己評価が低いんだよね。

そんなんだから前世では理不尽な扱いを受けても受け入れてしまっていたし、今でも親切にされたら同じかそれ以上を、自分の負担や損失なんて構わずに返そうとする。あくまでも本人は無自覚、無意識下での話だけどねぇ」

ここで話が途切れたかと思えば、大きなため息を吐くセーレリプタ。

彼は最後に、これまでの話をまとめるように告げる。

「〝無償の愛〟とか言えば耳障りはいいけれど、無償であれこれしてやるなんて、欲の深い人間社会では良いカモだし、見方によっては仕事に対する適正な報酬、価値を無視して貶めているとも取れる。

それで周囲と軋轢が生まれたらどうするのか？　開き直るか、責任を放棄して逃げるならまだいいんだけどぉ、彼の性格的にそういうことはしないだろうから。高確率で真正面から相手の怒りだか誹謗中傷を受けて、何らかの要求があれば応えるかもね。

　でも無自覚な心の根幹の歪みを直さない限り、彼の行動は直らないと思う。今後彼の周りは騒がしくなりそうだし、いざとなったら自分の被害を顧みない、あの状態を続けていたら、いつか心か体、あるいは両方を壊すよ。

　その点、ボクなら人類が誰も知らない無人島でも紹介できる。なんなら人魚族の祖先のように、強めの加護を与えて水中で生活できるようにしてあげてもいい。人の世界から完全に離れてしまえば彼も楽になるだろうし、万が一が起きても被害は最小限で済む。

　下界の存在は時が立つにつれて、自然と変化していくものだからねぇ。竜馬君のことも、別に焦る必要はない。落ち着ける場所で、時間をかけて安定させればいい……ってとこかなぁ」

「なるほどのぅ。そこまで考えておったのか」

　ガインの一言には他の神々も同じ思いだったのか、沈黙が流れる。

　そして、

「意外でした。あなたは竜馬君に散々、面白くないだの何だのと言っていたのに……」

「彼の今の生活は観察してても面白くない、とは言ったけど、彼のことが嫌いだとか興味ないとか言った覚えはないんだけどぉ？　それにボクはどんな命に対しても、それなりに平等なつもりだから、興味がなかったとしてもそれなりの対応をするよ」

申し訳なさそうに口を開き、しかし言葉が続かなかったウィリエリス。

相手が犬猿の仲であるセーレリプタとはいえ、言い過ぎたかと彼女に自省の念が芽生え

――

「まぁ……素直に言うと彼みたいなギリギリの状態でもがき苦しみながらそれでも生き足掻くような子は大好きだしねぇ」

『……』

――かけた次の瞬間、聞こえた言葉にウィリエリスの、いや全ての神々の思考が止まる。

それに気づかず、セーレリプタは言葉を続けた。

その声はどうも興奮してきたようで、徐々に大きくなっていく。

「ほら、なんていうかなぁ。稚魚のまま大半が食べられる中で生き残る魚とか、アリ地獄に嵌って生き延びるアリとか？　死の淵から必死に足掻いて助かる、そんな命の輝きがあるっていうか――ぁ？」

ここで彼はようやく気がついた。周囲の神々が再び白い目、あるいは呆れた目で自分を

見ていることに。

「セーレリプタ……お前というやつは……」

「歪んでるのって、竜馬君より君じゃないかな？」

「他人の趣味をとやかく言いたくはないけど……」

「そこはせめて〝命の尊さを感じる〟とか、〝生きる努力が素晴らしい〟とか、〝応援する〟とかいう表現はできなかったのか？」

「感心して損した気分だぜ」

「お前には絶対気に入られたくないな」

「また余計なことを言って、もうオラは知らんだよ」

「えっ、ちょっ、ちょっと何この空気」

「セーレリプタ」

ただ一言、名前を呼んだのはウィリエリス。だがその形相は先ほどまでとは打って変わって、

「怖っ!?　何その顔!?　ついさっきまで気落ちしてたの何だったの!?」

「ええ、ええ、本当にそうですね。私としたことが、どうして反省などしようとしたのでしょう。ふふっ、ふふふふ」

「……ボクは許される流れだったんじゃ」

「そんな空気になっていましたものね。さっきまでは……さては貴方、竜馬君の話で気を引いて、自分の罪をうやむやにして逃げる気でしたね⁉」

「ええ⁉　流石にそれは言いがかりだって！　せめて地球の神がやったことを突き止めた功績とか、竜馬君への対処で減刑くらいでしょ⁉」

「つまり下心があったのですね⁉」

「うっわ、面倒くさい奴になってる。ちょっと皆、ここ一応会議とか裁判の場でしょ？　1人に勝手にさせてていいの⁉」

「そうじゃのう……場所を変えて最後の話し合い、その後に決議を取ろうかのう。ウィリエリスは置いて行くから相手をしておれ。さて皆、行こう」

「あっ！　おーい！　ガイン⁉　皆ー⁉」

その呼びかけに応えるものは誰もおらず、1柱ずつ神々はこの場を後にする。残されたのは椅子に縛られたままのセーレリプタと、その正面まで席を立ってやってきたウィリエリスのみ。

「皆、行ってしまいましたね」

「ああ」

「処罰は皆が決めてくれるでしょう。それまで、貴方には言いたいことが山ほどあります。最後まで、しっかりと聞いてもらいますからね！」

「うわぁ……これ竜馬君よりボクの方が先に逝くかも……」

この後、ウィリエリスの説教は延々と続き、やがて戻ってきた神々により、精根尽き果てたセーレリプタが発見されたという……

6章27話 閑話・エリアリアの友達紹介

リョウマの出立からしばしの時が流れ、日本でいうところの〝師走〟のように、年の瀬から年明けに備えて身分を問わず慌しくなっている頃……王都のとある屋敷の一室では、5人の少女にお茶とお菓子が振舞われていた。

しかし、それに手をつけたのは5人の内のただ1人。

屋敷の主の娘でもある、エリアリアだけだ。

「皆、そんなに心配しなくても大丈夫ですわよ？　特にカナン」

「そ、そう言われても困るっす、じゃなくて困ります」

「カナン、普段通りにしてくれないかな？　申し訳ないけど、ボクまで緊張してきたよ」

「何でっすか!?　ミシェルは一応伯爵家の令嬢なんだから、お手本を見せて欲しいくらいっす」

「ははっ、残念ながら我が家にとって、爵位とは代々学問を修め、心のままに探求していたらおまけに手に入ったようなものでね。大声では言えないが……ボクも両親も、興味があればそちらを優先し、礼儀などいつでも投げ出すような人間の集まりなのだよ。最低限の指導は受けているけれど、本当に最低限なのさ。そういうことはリエラに言いたまえ」

「本当に微塵も威張れんことを堂々と言うな。しかし私も淑女としての作法は……あまり人のことは言えんな……せめてドレスでも着てくるべきだったか？」

「〝いつも通りで〟って言われてるんやし、ええんとちゃう？　だいたい、中途半端に取り繕っても見抜かれるのがオチやって」

「そうか、いや、そうだな。しかしミヤビは落ち着いているな」

「そんなことあらへんよ。これは……どっちかっちゅうと〝諦め〟やな。前にも似たようなことが1回あったし……」

「お友達として私の家族に紹介するだけですのに……」

『エリア……』

それが大事なのだと、4人は無言で視線を送る。

そんな時だ、豪華な装飾の扉がノックされたのは。

「お待たせいたしました。旦那様方がいらっしゃいました」

『!!』

メイドが告げると、一斉に立ち上がる4人と、少し遅れて優雅に立ち上がるエリア。

そして、入室してくる若い男女と老いた男が1人。

「待たせてしまって申し訳ない。私がジャミール公爵家、現当主のラインハルトだ。いつも娘がお世話になっている」

「お父様！　お母様にお爺様(じいさま)も、遅(おそ)いですわ」

「ごめんなさいね。ちょっと予定にないお客が来ていたものだから」

「それはそうと、元気でやっておるようじゃな、エリア」

「お爺様もお母様も、お父様もお元気そうで良かったですわ」

離れていた家族が言葉を交(か)わした後、すぐに話題は来客の少女ら4人へ。

「ところでエリア、お友達を紹介してくれないか？　とりあえず簡単にでいいから」

「そうですわね！　では左から、ここで一番緊張しているのがカナンですの」

「カナン・シューザーです！　魔法(まほう)道具職人を目指してる、まっす！」

「あなたがカナンちゃんね。エリアからの手紙で話は聞いているわ。シューザー家の娘さんなのよね」

「おお、シューザー家といえばデフェル殿(どの)はお元気かの？　昔はよくお世話になったのじゃが、先日店を訪ねたら引退したと言われてな……」

「じっちゃ、祖父なら元気にしてます。引退理由も特に病気とかではなくて、歳(とし)で目が悪

くなったとか、手先の動きが鈍くなったとかで、もう満足できる仕事はできねぇ！　って
いきなり……でも趣味だとかで結局毎日魔法道具を、しかもしっかり現役の職人以上の物
を作っては若手を叱り飛ばしてるっす、ますから」
「それは良かった。機会があれば、ラインバッハがよろしく言っていたと伝えておくれ」
「了解っす！　……あっ」
しまった！　と言わんばかりに表情を崩したカナンだが、大人３人は気にするなと笑い
かける。そもそも本人は気づいていないが、彼女の持つ犬の耳と尾が常に反応していたた
めに、緊張とこういう場に不慣れなことは隠しきれていなかった。
さらにエリアが有無を言わさぬように、次のミヤビを紹介。
「ミヤビ・サイオンジです。ご存じかと思いますが、サイオンジ商会会頭のピオロの娘で
す。親子共々、よろしゅうお願いいたします」
「君がピオロの娘さんか！」
「あなたのお父様には我が家もよくお世話になっているわ」
「娘がいるとは聞いておったが、会うのは初めてじゃな。よろしくのぅ」
「ありがとうございます」
「次はリエラですわね」

「リエラ・クリフォード。クリフォード男爵家（だんしゃく）の末娘（すえむすめ）にございます。公爵家の皆様（みなさま）に拝謁（はいえつ）賜（たまわ）り、恐悦至極（きょうえつしごく）に存じます」

「真面目（まじめ）な子だね。公（おおやけ）の場でもないし、気を楽にしてくれて構わないよ」

「こういう子が1人いてくれると安心じゃが、な」

「それよりたくさんお話を聞かせてもらいたいわ」

「はっ！　努力、します」

　敬礼は立派なものだったが、それに続いた言葉はやや弱々しく。

　その真面目さと微笑（ほほえ）ましさに大人達はそっと笑いを堪（こら）えていた。

「では最後にミシェル。男性の服を着ていますが、女性ですからね。誤解のないように、特にお父様」

「もちろんだとも。ミシェルさんだね。ウィルダン伯爵家の長女と聞いているよ」

「私のことを知っていただけているようで、光栄です。しかし誤解、ですか？」

「ああ、それは本当に申し訳ないんだが……エリアから送られてきた手紙に、ミシェルさんは〝女子生徒に人気がある〟と書かれていたのを読んでね。その、なんというか」

「男の子だと勘違いして、1人でやきもきした挙句に手紙でどんな男の子なのかって、問いただしたのよね？　あなた」

「まったく、学園に行けば異性と関わることがあって当然だろうに。恋仲になったわけでもなく、ただ娘が仲良くしておると言うだけで、しかも誤解で取り乱すとは我が息子ながら情けない」

「くぅ……」

『……』

娘に釘を刺され、さらに妻と父親に言葉で滅多打ちにされる家長。

その姿は入室時と比べてやや小さくなったようで、威厳に欠けた。

しかし、まだ幼いと言ってもいい子供達の緊張を緩める役にはたったようだ。

最初よりも幾分か雰囲気は弛緩し、皆の表情が穏やかになる。

「おっと、いつまでも立たせたままでは申し訳ない。皆、座って座って」

「お茶のおかわりとお菓子もお願いするわ」

ラインハルトの言葉で皆が座り、エリーゼの言葉でメイドがお茶とお菓子を用意。

「さてと、手紙でいくらかは聞いているけど、君達は実習の班も一緒だそうだね？」

「はっ。その通りです」

「懐かしいわね。私も学生時代は総合的な学習として学園ダンジョンに潜ったわ。どう？うちのエリアは迷惑をかけてない？」

「迷惑なんてとんでもない。個人の得意不得意ならありますが、うちの班は上手くやれているると思います。エリアは学科や基礎教養は文句なし。魔法、特に威力と連射力に関しては飛び抜けて優秀かつ学年トップですから。実習では強力な攻撃担当です」

「剣術は少し苦手のようですが、それでも授業には十分についていけていますし、女子の中では上位の成績です。実習では基本的に私とカナンが前衛を担当していますが、トラブルの際にはフォローもしてくれます」

「あとは、雑用とかも進んでやってくれますね。他所の班の貴族の生徒を見てると、テントの設営とか料理とか、平民の生徒か従者の子に任せきりだったり、不満を言いながら作業してることも結構あったんで、最初は正直、エリアに作業させていいのかと迷ったっす」

ミシェル、リエラ、カナンの話を聞いて、大人3人は安心したように頷く。

「剣術もそれなり、魔法の授業は学年トップとは。入学前にある程度訓練はしていたけど、頑張ったね、エリア」

「結果が出たのはエリアの頑張りがあったからじゃな。それから雑用のことは気にすることはない。学園では身分関係なく平等に……まぁ、わしの在学中から建前のような規則ではあったが、実際、有事の際に従者がいないと何もできんようでは困るからのぅ」

「卒業後はどうだとしても、学生である今は授業の一環ですからね。上手くやれているようで良かったわ。それに、お友達も本当にいい関係ができているようだしね」

「お母様？」

「私も夫ほどじゃないけれど、結構心配だったのよ。親として躾や教育はしっかりしたつもりだし、エリアは自慢の娘と胸を張って言えるように育ってくれたけど、貴族の交流という意味では……ねぇ？」

『あー……』

「お母様！　それに皆までなんですの⁉」

「いや、悪い意味ではない」

「エリアはいい子だし付き合いやすいし、平民にも分け隔てなく接してくれるっすけどね……」

「素直というか、純粋というか、他の貴族の子供みたいな騙し合いは得意じゃないよね」

「それは確かに、ついていけないと思うことが多々ありますけど……あの方々ってただ大きな声で威張り散らしているだけではありませんか。

　自分より下の身分の方を見下して、二言目には無礼だとか身の程を弁えろとか。同格の家の方々は自慢ばかりで、身分が上の方には我先に近づこうとお世辞や足の引っ張り合い。気にするほどでもない些細なことを大げさにして、揚げ足を取り合って……まるで大人の真似をした〝貴族ごっこ〟じゃありませんか」

「エリア、あんた今弁解しようとしてものすごい辛辣なこと言っとるからな？　それ絶対に本人達に言ったらあかんで」

「わ、分かっていますの。こんなこと、口にするのはここだけです」

「まぁ、ボクらも否定する気はないけどね」

「あまり他人を悪くは言いたくないが、そんな会話がいたるところで繰り広げられているのはよくあることだし、話の途中で同意を求めて私を巻き込もうとしないで欲しいとは思う」

「そういう子がいるのはいつの時代も同じだね。私達の時にもたくさんいたよ。自慢合戦や見下し合いから、もはやただの罵倒になるんだよね。歳が上がってくるともう少しやり方も変わってくるんだけど」

「あら、大人になっても変わらず子供みたいな人もたくさんいるじゃない。他人の仕事や行動に否定や批判ばかりとか、ざらにあることよ？」

「……奥様もそこそこ辛辣やな……」

「親子っすね……」

「祖父としては、孫がそのような子供の仲間になっていなくて良かったと思う」

「当然ですわ。あのやりとりは傍から見ていてみっともないですし、本人達が思うほど大人ではありません。あれなら貴族でないリョウマさんの方が貴族らしいですし、よっぽど大人に見えますの」

それは祖父に対する何気ない一言。しかし、これにミシェルが反応。

「そのリョウマさんってたまに聞く名前だけど、どんな人なんだい？　男性だよね？」

「そういえば、ちゃんと聞いたことないっすね。エリアの友達ってくらいで」

「ああ、私も少し気になっていた。たまにミヤビとその人の話をしていたようだが、私達には話し辛そうなので深くは聞かなかったが……」

「あら、リョウマ君のことを皆に話してなかったの？　エリア」

「そう、ですわね。ちゃんと話したことはないと思います。別に隠していたわけではないのですが……改めて説明しようとすると、どう説明すればいいのか分からなくて」

エリアの言葉はリョウマを知る大人３人とミヤビを納得させ、深く頷かせた。

「私、入学までお友達と呼べる方がいなかったので、あまり疑問に思わなかったのですが、入学してから同年代のクラスメイトやたまに顔を合わせる先輩方のことを知って、実感しましたの。リョウマさんは一般的な同年代の方とは、能力的にも精神的にもだいぶ違うみたい。

で……でも、悪い人ではありませんのよ。むしろ、とても良い方ですよね？　お父様、お母様、お爺様」

「そうだね。我が家で彼と最初に会ったのは私だけど、その時は部下が怪我をしてしまっていてね。死にかけていたところを助けてもらったんだ」

「冒険者のお爺様とお婆様に育てられたそうで、エリアの1つ下だけど博識だし、狩猟の腕もいいのよ」

「生活の質を向上させることに偏っていたが、魔法の腕も中々じゃったしのう」

「皆様がそこまで言われるとは、相当に優秀な子なのですね。エリアの1つ下ということは、我々にとっても1つ下ですが」

「優秀……うん、それは間違いないね」

「ただ、ちょっと変わったところもあるけど」

「変わったところ？」

「リョウマさんは趣味でスライムの研究をしている方ですの。そしてスライムの話になると、魔法陣学の話をするミシェルのようになりますわね」

『ああ……』

それだけで今度はリエラとカナンが、リョウマの性格を概ね理解したとばかりに頷く。

「人の名前を出して、勝手に納得しないで欲しいんだけど」

「分かりやすい説明だったから仕方ないっす」

「ああ、興味のある物事を目の前にすると、周りが見えなくなるタイプの人間だとすぐ分かった」

「むぅ……」

「その分、お2人とも専門分野はもちろん。その他のことについても知識が豊富で頼りになりますわ。

リョウマさんには私が初めての従魔として、スライムを捕まえるときからアドバイスをいただいていますし、ミシェルにも魔法陣学について1から教えてくれるじゃありませんか」

「なんか納得いかないけど、そういうことにしておくよ。しかしエリアが珍しいスライムを3種も連れているのは、そういう理由だったんだね」

「クリーナースライム、ヒールスライム、スカベンジャースライムでしたっけ？　便利っすよね。特に学園ダンジョンでの野営実習の時なんか、他の班の羨ましそうな目が凄かったっす」

「エリアのスライムとミシェルの土魔法で、簡易とはいえトイレに風呂まであったからな。

野営に慣れた先生方ですら、そこまで恵まれた環境ではなかったぞ」

「おかげで自分達にも貸せとか作れとか、貴族の班が無茶言うもんで交渉担当のウチは大変やったで……」

「それは本当に大変だったわね」

「毎年、特に初回の実習は荒れるんだよね。とりあえず一通りは入学前に学んだのだろうけど、技術は何度も反復して練習しないと身につかないからね」

「先ほどミヤビさんが言っていたように、作業を分担して苦手分野を補い合える仲間がいればいいんじゃが……誇り高く、貴族としての矜持をもって生きることと、単なる我侭を履き違えている者が子供に限らず大人にも多いのが現状じゃからのぅ……」

「そういえば、こんなこともありましたわ」

こうしてエリアは学園で起きたことを話していき、少しずつ友人４人の緊張も解れていく。

そして時は日が傾き始めた頃……

「失礼いたします。旦那様、お約束のお時間がそろそろ」

「おや、もうそんな時間かい？」

「お父様。せっかくお友達を連れてきましたのに、何か用事を入れていましたの？」

「ごめんよ、エリア。久しぶりに学生時代の先輩に会って、夕食を共にするんだ」

「えっ、お父様……」

「ん？　どうしたんだい？　そんなに驚いた顔をして」

「お父様……学生時代にお友達がいらしたんですの？」

その瞬間、暖かかった部屋の空気が凍ったような、妙な緊張感が流れた。

娘からのあんまりな言葉に、顔を引きつらせて固まる父、ラインハルトが口を開く。

「ど、どうしてだい？」

「あの……だってお父様、これまで友人を訪ねるなんて言って出かけたことありませんし。学園の話をすると難しいお顔をされてばかりだったので」

「ああ……うん、まぁ……」

返答に困ったラインハルトは、自分の妻と父を見る。

だが当の2人は笑いを堪えながら、自分で何とかしろと静観するばかり。

「はぁ……そうだね。あまり言いたくないけど、私の学生時代はあまり楽しいものではなかった。だけど、それでも信頼できる人の1人や2人はいたのさ。例えばそこで笑ってるエリーゼ、今は妻だけど昔は友人の1人だ」

「うふふ。懐かしいわね」

「そうでしたの。ごめんなさい、お父様」

「謝られるのもなんだか悲しいんだけど……気にしないでいいよ。実際、私は昔の友人を訪ねることは少ないし、今回会う人とも卒業以来疎遠になっていたからね」

「ではなぜ急に？」

「実はね、しばらく前にリョウマ君がその人の領地に行って、お世話になったそうなんだ。その時に貴族としての身分やしがらみはあっても、その人はまだ私を後輩として心配してくれていることが分かったらしくてね。手紙でこっそりと教えてくれたんだよ。だから今回、良いきっかけだと思って訪ねてみることにしたんだ」

「そうでしたの」

「向こうも相当驚いたみたいだけどね。いつまで経っても昔のことを忘れずに、力になろうとしてくれる友達がいるのは嬉しいものだよ。沢山じゃなくていい、1人でもいいから、エリアにもそういうお友達ができるといいね」

「はい、お父様。でも、それについては大丈夫ですわ！」

そう宣言した彼女は一度友人4人を見る。

「だってここにいる4人。リョウマさんを含めたら、5人も心からそうなりたいと思えるお友達がいますもの！」

「エリア……」

「おやおや、言われてしまったね」

「ストレートやなぁ」

「なんか、こっちが恥ずいっす」

「あら、皆さん……もしかして嫌でしたか？」

エリアが4人にそう問えば、彼女らは笑いながら首を振る。

そんな5人の様子を見て、大人達は穏やかな笑顔を見せた。

「良かった。エリアは学園で良い出会いがあったんだね。もっと話を聞きたいし、本当に残念だけど、私はここで失礼させていただくよ。気にせずゆっくりしていくといい」

「そうね。私ももっとお話が聞きたいわ。良かったら皆、今日は泊まっていったらどうかしら？　エリアとは今度の社交パーティーで着るドレスの打ち合わせもしたかったし。リョウマ君から美容用品の試作品が届いてたのよ。できるだけ多くの意見が欲しいって話だったから、よければ皆も使ってみない？」

「リョウマはんが美容用品を？」

「以前にそういう話になってね。私が興味を示したこともあると思うけど、薬学の勉強をして理解を深めるためだそうよ。元々お婆様から学んでいたらしいし、勉強熱心な子だから……ここだけの話、結構使いやすいし質もいいのよ」

「それはボクも少し気になりますね。母が薬の研究をしているので――」

こうして再び部屋の中は賑(にぎ)やかになり、エリア達の話は夜遅(よるおそ)くまで続くのだった。

6章28話 閑話・ラインハルトとポルコ

ある寒い日の夜……煌（きら）びやかな建物が整然と建ち並ぶ王都の貴族街。その中にあって他よりも小さくやや見劣（みおと）りのする屋敷を、そしてその屋敷の主であり、かつて親しくしていた男を、公爵家当主のラインハルトは訪ねていた。

「ようこそ。ジャミール公爵閣下。毎年、社交の場では顔を合わせていましたが、こうして私的に顔を合わせるのは久しぶりですな」

「そうだね。しかし、学生時代はよく話をした。今日は昔のように〝ポルコ先輩〟と呼ばせてもらいたい。先輩もよければ昔のように」

「そうで……いや、そうか」

それからしばらく、応接室には2人のよそよそしい会話が響（ひび）く。

「そういえば、僕（ぼく）らが初めて顔を合わせた時もこんな感じでしたね」

「確かに。あの時はまさかあんなところに人が来るとは。それも学園で話題の貴公子が来るのだから驚いた」

「僕は下手な相手と関係をもつことはできませんでしたからね。父の迷惑になってしまう」

「お父上の、いや、〝神獣の契約者〟という存在が持つ影響力は国王陛下ですら無視できるものではないからな。親の指示を受けて近づいてくる者も多かっただろう。仕方のないことだと思うが」

「それはそうだとしてもね……聞いてください先輩。実は今日ここに来る前、久しぶりに娘と会ってきたんですけどね？　どんな生活をしているか気になって、友達を連れてくるように言ったら4人も連れてきて。皆良い子達だったんですよ」

「良いことではないか。何故そんなに不満そうなんだ」

「時間になったので、ここにくることを伝えたら、娘が言ったんです。〝お父様、学生時代にお友達がいらしたの？〟って」

「それは災難だったな……娘には事情を話していないのか？」

「一応の注意はしていますよ。しかし、娘には私と同じ思いはして欲しくない、という思いもあるので、どうもね……それに娘は聊か同年代の貴族との付き合いが少なく……その分、純粋でまっすぐに成長してくれたので親としては嬉しいですが」

「こう言ってはなんだが、後悔することのないようにな」

「もちろん必要とあれば手や口を出すつもりでいますが、自ら経験することも大切でしょう。それに娘は僕が6年かけて手に入れた友人を、1年も経たずに5人も得ていたようですから、彼女らと彼が娘を支えてくれることを願います」

「彼女らと、彼か……その彼とはもしや」

「ええ、リョウマ君です。先日は先輩のところでお世話になったと聞いて、今日はそのお礼にも来たんですよ」

「私は別に大したことはしていない。むしろ世話になったのは私の方だ。できる限りの礼はしたが――」

「それも聞きました。随分な物を報酬として頂いたと」

ここで先手を打つようなラインハルトの言葉に、ポルコは内心で身構えてしまう。

「ふむ、何か不満があっただろうか？ 申し訳ないが、私にはあれ以上の返礼はできないのだが」

「いいえ。彼も僕も、報酬に不満があったわけではありません。むしろ彼は過分なものをいただいたと恐縮していたくらいです。

……やはり、落ち着きませんか？」

相手の内心を察し、問いかけるラインハルト。

それに対してポルコはゆっくりと、だが素直に答えた。

「……本音を言うとな……学生時代のように身分を持ち込まず、1人の後輩として私を立ててくれるのも、そのように話したいと言ってくれることを嬉しいと思う気持ちはある。あるにはある、が……その言葉を素直に受け取るには、いささか歳をとり過ぎたようだ」

「分かりますよ。お互いに、領主として、貴族としてのしがらみがありますからね。それに僕も、昔のように話したいという言葉に嘘はありませんが、それだけというわけでもない。

……このまま腹の探りあいをしても仕方がないと思うので、先に貴族としての話を済ませましょうか？」

「そうしてもらえるとありがたい」

「では、率直に言いましょう。ポルコ先輩、貴方が中心となって開いている〝会合〟の顔ぶれに、僕も加えていただきたい」

「会合とは大げさな。私が主催しているのは趣味の食事会だが……どういう風の吹き回しだ？」

「リョウマ君から聞きましたが、先輩は僕の領地が荒れているという話を耳にしたとか？」

「それは確かに。……まさか？」

「大変残念なことですが、いくつかの家が手を組み、裏で糸を引いているようでして」

ポルコはそっと手で目を覆う。

「どこのバカだ……その様子だと、糸を引いている連中にも目星は付いているな？　そうなると目的は今ある問題解決への助力ではなく、今後のためか」

「先輩はいつも話が早くて助かります。僕は腹芸や権力闘争は好まないので、軽々しく我が家と領地に手出しをするとどうなるかを、この機会によく理解していただこうと。そして今後がないように、人脈も広げておきたいのです」

「別に私などに頼まなくとも、公爵家と関係を持ちたい家はいくらでもあるだろうに」

「確かにそうですが、僕も貴族なら誰でもいいというわけではない。昔から抜け目がなく、今でも〝食事会〟で顔繋ぎを続けているポルコ先輩に協力していただければ心強い」

「……」

「無論、対価は用意しています。部下の方に荷物を預けているので」

「もってこさせよう」

ポルコが机に置かれた鈴を鳴らすと、執事のピグーが入室。

そして用を聞くなり、直ちに大中小３つの箱を持ってきた。

「まずはこちらを見てください」

ラインハルトが最初に差し出したのは長方形の薄い箱。

「首飾りか何か……!!」

箱の形から当たりをつけたポルコ。

その予想は間違いでこそなかったが、箱の中に納められた品は想像をはるかに超えていた。

「真珠!? それも、大きさの揃った粒が端から端まで」

海を持たないこの国では1粒でも貴重な真珠を、首に巻けるほど贅沢に連ねたネックレス。

手に入れようと思えば、どれほどの財貨と引き換えなければならないか、ポルコには想像もできなかった。

「まさに眼福の極み。それしか言葉が出ない……」

ポルコはそっと箱を返し、そして問う。

「こんな品を私に見せてどうする。これは私の身には余る品だ。まさかこれが対価などとは言うまいな?」

「先輩が欲しいと言うなら同じものを用意できますが、これは後日、知人に渡すつもりでいます。去年結婚したばかりで、贈り物に悩んでいる男がいるのでね」

「これほどの物。いや、去年結婚したお前の知人……なるほど、相手は国王陛下だな。そ

してお前は対価に真珠の販売の許可でも貰うのだろう。

真珠を欲している貴族は多い。どういうルートで手に入れたかは知らないが、これほどの品を〝望めば用意できる〟というのなら。さらに陛下のお墨付きを賜れば、財力はもちろん他家への影響力も大きくなる。

そんなジャミール公爵家との繋ぎができる者、そこに私が入れば、いくらかの発言力や影響力も得られるか……ドラゴンの威を借るなんとやらと同じで、相応に敵も作りそうだが」

「ある程度は覚悟していただきますが、ジャミール公爵家が後ろ盾になりましょう。そもそも僕は先輩に〝ただの緩衝材〟ではなく、共に支え合う〝仲間〟になって欲しいと考えています。というのも、先ほど見せた真珠の入手ルートですが、先輩も無関係ではないのです」

「何？」

「こちらを見ていただきたい」

そう言いながらラインハルトが開けた箱には、貝殻が入っていた。

その表面はよく磨かれて、隠された美しい真珠層が輝いている。

「これは、この輝き、だがこの形はまさか」

「リョウマ君が先輩の領地で見つけてきました。そちらではごく一般的に食されている貝だそうですね」

「ではやはり、これは〝スナガクレ〟なのか」

「先輩は彼に温泉の掃除(そうじ)を頼んだとか。そのときに作った薬剤(やくざい)を用いて、貝殻を磨いたそうです」

「あれか！　そうか、この貝は内側にはこのような輝きを隠していたのだな」

「彼から聞いたところ、この貝殻と真珠は同じものでできているそうで……先輩にはこの貝を食用という名目で供給していただきたい」

「わざわざ欲するということは、この貝がその真珠の〝原料〟というわけか」

「細かいことを言うと別のもの、例えばリョウマ君が掃除をしたという温泉の塊(かたまり)のような汚(よご)れでも、少し手を加えれば代用は可能だそうです。ただし先々までの安定した供給を考えるなら、やはりその貝殻が一番望ましいということで」

「……少しは隠そうとは思わんのか？」

「腹を割って話したいというのもありますし、無意味なことをする必要もないでしょう。協力していただけますよね？　先輩」

さも当然のようにラインハルトが言い放つと、ポルコは呆(あき)れか諦めか。椅子(いす)に全体重を預けて天井を仰ぎ見る。

「これは話に乗っておくが吉。というよりも断らせる気があるのか？」

「先輩が本気で断ると仰るなら、それでも構いません。そもそもこの貝の件は、リョウマ君が私から先輩に伝えて欲しいと言ってきたので」

「何？」

「先輩の領地で取れた貝のことですし、伝えておいた方がいいだろうと思ったそうです。しかし下手な伝え方をすると警戒されたり、迷惑になるかもしれない、と。先輩の事情を深くは知らず、しかし村などの様子や伝え聞いた話から〝デリケートな問題を抱えている〟ことを薄々察した、という感じでしたね。それで僕に頼んできました。

誤解しないでいただきたいのは、彼は完全に善意で伝えておこうと考えていました。だから僕もこの情報を使って先輩に何かを強要しよう、とは思っていません。そんなことをして彼に嫌われでもしたら、それこそ痛手になりますからね」

「なるほど。ただの子供とは思っていなかったが、見抜かれていたとは」

「僕や妻も最初は正直、彼は世間知らずで騙されやすい子だと思っていて、心配もしていたんですよ。でもこれがなかなか、妙に鋭いところがあるようで」

胸に抱えていたわだかまりも解けつつあったのだろう。

そんな話をするラインハルトの様子を見て、

「ラインハルト。まさか彼は、お前の庶子か」

「ッ！　ゴホッ、グッ」

たまたま紅茶で喉を潤していた時。

ポルコの思わぬ一言で、ラインハルトは咽せ返る。

「失礼。ですがどうしてそういう質問を？」

「いや、お前が成長する子供を見て喜ばしいがどこか悲しいような、複雑そうな顔をしていたからだが」

「そんな顔をしていましたか？　僕は」

「自覚はなかったのか」

「自覚だけでなく、彼が僕の庶子という事実もありませんよ」

「確かに顔は全く似てないが、性格は少し」

「冗談はやめて、話を戻しますよ」

「昔に戻った気持ちでというなら……分かった、分かったから笑顔で睨むな。で、どこまで話しただろうか？」

「貝の話がリョウマ君から頼まれたことで、彼は意外と鋭いという話です。

もしこの貝のことが公になれば、水面下で行われているラトイン湖の利権争いが確実に激化するでしょう」

「まったくだな。好機と見れば即座に利だけを奪い取りに来ようとする者が多くて困る」

「先輩のお父様が道を整備したこともあるでしょう。あの土地は湖の周囲を除くと、人族にとっては住みづらい環境でしたが、今は昔と比べてだいぶ、今後はさらに改善が見込めます。それだけ魅力的な土地にもなりつつあるはず」

「公爵家の後ろ盾が得られるというのは正直、渡りに船だ。食事会への参加はもちろん、私に可能な範囲で有力貴族の紹介も、全面的な協力を約束しよう」

こうして2人はどちらからともなく、手を取り合う。

「ところで、最後の箱には何が入っているんだ?」

「真珠とは別の、似たような話ですよ。お互いに得ができそうな話があるので、ご協力いただけますか?」

「前の2つで散々驚かされたが、まだあるのか。無意味なことをする必要はない、だろう？要点を話してくれ」

「では率直に。鮮度や味を落とさず、食品の保存期間を延ばす新技術に興味はありませんか？」

「あるに決まっているだろう。我が領地の名産は鮮度が重要な魚だぞ」

「その技術が現在研究中で、この中身はその過程で試作された冷凍の魔法道具と実験器具です」

「冷凍すれば素材の味は落ちる。それが当たり前のはずだが、可能にしたのか？」

「従来のものと比べれば違いは明らか。僕としては現時点でも十分使えると思います」

「一体どういう仕組みで？」

「一般的な魔法道具で出せる冷気よりもはるかに低い温度で、急速に凍結させることが重要だそうで。そのために精製したとても強い酒、〝工業用アルコール〟というものを使います。

　その原料として、聞いたところによるとファットマ領には〝白酒〟なる素人でも簡単に作れる地酒があるとか」

「確かにある。まともに飲めるものを作るにはそれなりの手間と作り手の腕が必要だが、飲むためでなく、強い酒を作る材料にするなら味は関係ないな。材料もその辺に自生しているし、必要なら栽培も難しくはない。そういう意味でも私の領地に適しているということか」

　一通り納得と理解を示したポルコは最後に1つ問いかけた。

「ラインハルト。この件についても先ほどから既視感というのか、1人の少年の顔が頭に浮かぶのだが」

「ご推察の通り、これもリョウマ君の研究です」

「あの子は一体何者なんだ。次から次へと」

「協力者になっていただく先輩には話しておいた方がいいですね……彼はかの有名な賢者・メーリアと武神・ティガルの忘れ形見です。血の繋がりはなく、養子だそうですが」

「……吟遊詩人が〝麦茶の賢者〟という混名をつけていたが、意外と的を射ていたのかもしれんな」

納得したと笑顔を見せるポルコ。

だが次の瞬間、その表情は一転して真面目なものになり、

「この際だから言わせて貰うが、あの少年は少々危ういかもしれんぞ」

「……先輩もそう思いますか」

ポルコの指摘を受けたラインハルトの表情も引き締まる。

「前々からそういう傾向はありましたが、今回の件で確信しました。彼はいささか献身的過ぎる」

「聞いていると思うが、私も依頼をした。想定以上で文句のない仕事をしてくれたが、そ

の後の報酬(ほうしゅう)に無頓着(むとんちゃく)でな」

「それは表層に現れる一端(いったん)に過ぎません」

「何？」

「彼が抱えている問題は、もっと人間としての根幹にある。そう思いました」

「そう思わせる何かがあった、ということか」

「はい。しかし僕は、いえ、我が家は今後も彼を支えていきたいと考えています。貴族としても、個人としても」

その強い意志を感じさせる瞳(ひとみ)を目にして、ポルコは再び笑顔を見せる。

「お前のそういうところは昔から変わっていないな」

「そ、そうでしょうか？」

「変わってないとも……よし！　ではその辺も含めて、今日はたっぷりと話し合うとしよう。美味(うま)いものを食い、酒を飲みながら、仕事や子育ての悩みと愚痴(ぐち)を聞きあう。それも友であり先輩でもある私の務めだろう」

「先輩……感謝します」

「なに、今後は互いに協力していくのだから、遠慮(えんりょ)することはない。昔のように、な」

ポルコは再び鈴を鳴らし、ピグーに夕食の用意を急ぐように指示を出す。

そしてさらに2人は語り合い、旧交を温めるのであった。

7章1話 ギムルの変化

「……なんか、雰囲気変わったな……」

ファットマ領から馬車を乗り継ぎ、無事に到着。

約1ヶ月ぶりのギムルの街は、懐かしさよりも違和感を覚えた。

人の往来は以前よりも多いくらいなのに、どこか寂れたというか、

「待てっ！」

「‼」

店に向かう道中、街中に突如響いた声の方を見ると警備隊の人が3名。

白昼堂々ひったくりでもやらかしたのか、少し前を走る男を追っているようだ。

「確保！」

「くそっ！　放しやがれ！」

警備隊の1人がとても速く、すぐに犯人に追いついた。

しかし、

「！　危ない！」

「うわっ⁉」

「へっ！　バカめ、っ」

「逃がすな！」

「おおっ‼」

犯人の取り押さえ方が甘く、犯人は隠し持っていたナイフを抜いて振りまわす。

それによって警備隊員は顔に傷を負い、犯人の拘束がさらに緩んだ。

再度逃げ出そうとした犯人は、追いついてきた他の警備員が確保したが、

「大丈夫か！」

「う、うう……」

命に別状はないが、顔の傷だけあって出血量が多そうだ。

回復魔法をかけさせてもらえないだろうか？

「すみません」

「なんだ！　取り込み中なのが見て分からんのかッ！」

「回復魔法を使える者ですが、良ければ手当てをさせていただけませんか？」

「かいふ……すまん！　それは助かる！」

許可が出たので、傷を確認して中級のハイヒールを使用。

出血の勢いに対して傷はそれほど深くなかったため、魔法は1回で十分だった。

「どうでしょうか？　違和感などありませんか？」

「ああ、もう大丈夫だ。痛みもない」

「良かった」

傷の治った警備隊員の様子を見て、今度は先ほどそばにいたもう1人の警備隊員が声をかけてくる。

「少年、協力感謝する。そして改めて、先ほどは申し訳なかった」

「同僚の方が怪我をしていたのですから、仕方ないですよ」

「いや、我々にとって怪我など日常茶飯事。常に覚悟しておくべきであって、それを理由に守るべき街の住民に声を荒らげるなど、あってはならないことだ。ましてや治療を申し出てくれた者に当たるなど言語道断。言い訳になってしまうが、今日はずっと虫の居所が悪かったのだ」

どうやらこの方、かなり真面目な人のようだ。

「もう謝罪は受け取ったと思っていましたが……あ、では少々聞いてもいいでしょうか？」

自分がしばらくこの街を離れていたことを話し、街の雰囲気の変化について聞いてみる。

「それなら、南で建造されている新しい街は見たか？」

「はい。まだ外壁だけ、とはいえかなり建造が進んでいましたね」

「うむ。工事が順調なのは良いのだが、実は働き口を求めて来た労働者が街に溢れてしまっていてな……ほら、そこにも、あちらにも」

次々と示されるのは細い路地。そこには道端に座り込んだり、寝ていたり。料理店の残飯を漁って追い払われたりしている……

「大通りから道を1本外れただけで、こんなに？」

「先月までも人は増えてきていたが、ここまでではなかっただろう？　どうも他所から来る労働者の数が、想定をはるかに超えていたらしい。おかげで喧嘩や問題を起こす者が急激に増えてしまった。我々も急遽人員を増やし対処しているのだが……未熟な新人まで動員しても、朝から晩まで働き詰めなのが現状でな」

警備隊の皆様には、1人の市民として頭が下がる。

「そうでしたか……お忙しいところありがとうございました。お仕事頑張ってください」

「ありがとう、君も気をつけてな。暗くなる前には家に帰りなさい」

こうして警備隊の人と別れ、改めて店に向かう。

■ ■ ■

そして到着。従業員用入り口から中へ入ろうとしたのだが、

「どちらさまですか？　ここは関係者以外立ち入り禁止ですよ」

見知らぬ男性に呼び止められた。

俺としては、あなたこそどちらさま？　って感じなんだけど……

とりあえず自分も関係者であることと、事情を説明してカルムさんへの面会を求めた。

すると彼も思い当たることがあったようで、平和的に中に入れてもらえて、

「おかえりなさいませ、店長！」

無事に俺が店長であることが証明された。

そして、

「さっきは失礼したね。店長が子供とは聞いてたんだけどさ、てっきり何かの冗談か、子供にしてももう少し大きい、成人ちょっと前くらいだと思ってたからね」

「いくら年齢制限はないといっても、普通はそう考えますよね」

お互いの素性を確認しあって、和解？　争っていたわけではないのでちょっと変な感じだが、とにかく親しい感じで話しかけてくる彼はユーダムさん。

人族で金髪、ちょっと軽い感じの20代男性。格闘家を自称していて、実際に体はかなり鍛えられている様子。筋骨隆々というよりも無駄をそぎ落とし、よく絞り込んだボクサーのような体格だ。

なんでも彼は腕試しをしながら国中を回っているらしく、旅の途中でたまたまギムルに立ち寄ったところ、店の食材を買いに出て絡まれていた料理人のシェルマさんを発見し、助けてくれたそうなのだ。

その後、彼はシェルマさんを店まで送ってくれて、シェルマさんはカルムさんや店の皆に事情を説明。治安の悪化と防犯を懸念したカルムさんが念のためにと警備員の増員を決定し、オックスさんやフェイさんとも相談した上で、ユーダムさんに声をかけ、臨時の警備員として雇い入れたとのことだった。

「カルムさん、いつも店を守ってくれてありがとうございます。それにユーダムさんも、ご協力本当にありがとうございます」

「これが私の仕事ですから」

「僕も路銀が底を突きかけていたところだったから、丁度良かったよ。待遇も悪くないし、店の雰囲気もいいし、何より手合わせをする相手に事欠かない。僕にとっては最高の環境だよ」

「そういっていただけると嬉しいですね」

「そういえば店長もかなり腕が立つって聞いてるけど……うん、間違いなさそうだね。1試合どうだい？」

　おや？

「どうかしたかい？」

「いえ、僕は弱そうに見えるらしいので。珍しいというか、新鮮なお誘いでちょっと驚きました」

「ああ、確かにその年齢と体格じゃ、一見して強そうには見えないかもね。でも僕はさっき、警備員として君を注視していたから。格闘家として道場破りも繰り返してきたし、体の動きでなんとなく実力があるのは分かるのさ」

　おお、それは頼りになりそうだ！

「帰ってきてから街の雰囲気がおかしく感じていて、ちょっと不安だったんですよね……カルムさん、皆の様子はどうですか？」

「そうですね……今はフェイさん達に加えてユーダムさんもいますし、店の守りという点では特に不安などなく、元気に働いていただけています。ですが、やはり買い物などで外出が必要なこともありますし、治安の悪化は不安に感じているようです。

やはり事件の発生件数は増えましたし、つい先日はモーガン商会でも放火事件が発生しましたから」

「えっ⁉　セルジュさんの所にですか？」

驚きのままに聞くと、カルムさんは重々しく頷く。

彼と2号店にいる姉のカルラさんは、セルジュさんのご厚意でモーガン商会から来ていただいた人材だ。彼にとっての古巣に火をつけられたとなれば、心穏やかではいられないのだろう。

「モーガン商会も夜間警備の人員を用意していたのですぐに消火されましたが、数人がかりで油の入った壷を投げ込んだ上で火の魔法を撃ち込むという大胆な犯行。犯人は消火の混乱に乗じて逃走し未だ捕まっていません。決して警備が手薄だったわけではないので、綿密な計画を練ったプロの犯行で間違いないかと……事件当時は街にも大きな動揺が走りました」

「当然でしょう」

モーガン商会は言わずと知れた超有名店。

その名前には信用、ブランドがあり、しかもギムルの店はその本店だ。

多くの人が利用し、そうでなくても一目置かれている店での放火事件。

前世だったらあっという間にマスコミが押しかけることだろう。

「セルジュさんは」

「ご無事です。人の無事を最優先にと指示が出ていたため、従業員にも被害は出ていません」

「そうですか。それは良かった」

しかし、気になるな。街の様子もだいぶ変わってるし、ちょっと相談したい。

「カルムさん。お仕事で急を要するものはありますか？」

「確認していただきたい書類はありますが、長旅でお疲れでしょうし、明日でも特に問題はありませんよ」

「そうですか！　では今日はお言葉に甘えて、失礼させて頂きます。ファットマ領でいくつか仕入れてきた物があるので、セルジュさんのところに寄ってみます」

「分かりました。僕がよろしく言っていたとお伝え下さい」

「あ、そうだ。皆さんにもちゃんとお土産がありますから、整理して明日お渡ししますね。それでは！」

帰ってきて早々、俺は店を後にしてモーガン商会へ駆けだすのだった……

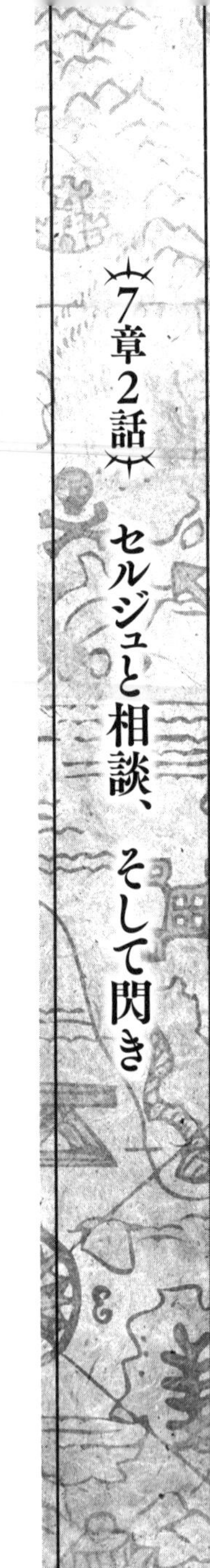

7章2話　セルジュと相談、そして閃き

店のことをカルムさんに任せた俺は、一目散にセルジュさんの店へと向かった。

するとそこには……

「……」

暖かさを感じる木造の店舗の壁面には、放火によって焦げた跡が広く残され、さらに店の前には厳しい顔つきの屈強な男達が立っている。

ギムルの街に来て半年以上が経つが、こんなに物々しい雰囲気は初めてだ。

俺がこの街に来た頃は、もっと温かくて穏やかな所だったのに。

この建物が今のギムルの状況なのかと思うと、寂しいというか、悲しいというか……

「失礼ですが、この店に用ですか？」

「！　あ、はい」

先ほどの厳しい顔つきの屈強な男達の1人に声をかけられて我に返った。

……少し呆けていたようだ。

「こちらの会頭によくお世話になっている者ですが、最近街を離れていて。帰ってきたら、放火の被害に遭われたと聞いて……約束もなく来てしまいました」

事情を話すと、声をかけてきた男性は入り口前の仲間を見て、その仲間と思わしき男性は1つ頷き店の中へ。

「確認を取りますので、少々お待ちください」

「ありがとうございます」

■ ■ ■

それから数分後。

俺はいつもの応接室に通されていた。

しばらく待つと、多少の疲れは見えるものの、元気そうなセルジュさんもやってきた。

「リョウマ様、公爵家で別れて以来ですな」

「お久しぶりです。大変なことがあったみたいですが、ご無事でよかった」

「ご心配をおかけしました。ですがこの通り、私自身はなんともありません。それに警備も強化しましたからね」

「ああ、表で見ましたよ。風体は荒々しい感じでしたが、丁寧な方々でしたね」

「彼らは王都から呼んだ傭兵団の方々ですからね。傭兵全体は粗暴な人が集まるイメージですが、一流の傭兵ともなると人当たりが良く、礼儀を心得ている人が多いですよ。なにせ人や魔獣、様々な相手や環境に対応する能力を求められる冒険者とは異なり、傭兵は〝人間同士の問題への対処〟が専門。警備や護衛で依頼者やその周囲に不快感を与えないのは当然のこと。必要性と信用があれば、敵との交渉の席に着くことも稀にあるといいますからね」

なるほど……この世界における傭兵は、一流になると交渉人なども兼ねるのか。

「……やはり、そういう方々が必要な状況ですよね。今のこの街は」

「残念ながら、その通りですな。私の店への放火だけでなく、街中での喧嘩や窃盗なども増えています。原因はご存じですか？」

「聞いた話ですが、労働者の流入が激しくて、仕事のない労働者が街に溢れていると。ですが、ここまで急激に治安が悪化するものでしょうか？」

「もちろん労働者の募集を締め切るなど、役所やギルドが対応に動いていますが、過剰流入を止めようにも次から次へと。中にはギムルで仕事を斡旋している業者を装って人を集め、紹介料を取った上に到着直前で放り出す、詐欺や誘拐のような手口で人を集めてくる輩もいるらしく、手が回っていないのが現状です。

あまり大声ではいえない話なのですが……この事態は意図的なもので、複数の貴族が裏で糸を引いているようなのです」

「!!　それは」

「おおかた領主である公爵家への嫌がらせでしょう。理由には見当がつきませんが、愚かな行いですね。私は少しお手伝いをさせていただいたので知っていますが、ラインハルト様は既に、騒動の元を断つために動かれていますよ」

「そうなんですか？」

「今はだいぶ荒れていますが、じきに落ち着いてくるはずですよ。それまでは少々、身の回りに注意をしつつ我慢のしどころですな」

「それは良かった」

そこまで話が進んでいるのなら、守りを固めてことが収まるのを待てばいい……

「ところでリョウマ様、本日は何か持ち込まれたと聞いていますが」

「あ！　そうでした。以前お話しした通り、冒険者の仕事でファットマ領へ行ってみたら、良いご縁があったので、少々行商人の真似事を。仕入れてきたものと、あとは新しい商品を見ていただきたいのですが」

「ほうほう。それは非常に興味がありますな。して、何を仕入れて来たのですか？」

アイテムボックスから、ファットマ領で買い込んだ陶器を各種1つずつ取り出す。

「ほほう。茶碗や湯のみに土鍋、壺、そして皿……どれも普段使いに良さそうですな。品質も中々。量はいかほど？」

「こちらに」

購入時に用意した目録を渡すと、

「ふむ……この量ですと、このくらいになりますな。さほど高値はつけられませんが、手堅い品を選びましたね」

「現地の店員さんにも相談をさせていただいたので」

提示された額は、仕入れの代金を2割ほど上回っていた。とても大きな儲けが出たわけではないけれど、交通費が浮いたしちょっとした小遣いには十分。別の仕事のついでと考えれば、全然悪くない。

「では、これらはこの額でお願いします」

「かしこまりました」

次に取り出すのは、売り物ではないけれど、領主様からお礼としてもらった壺。

梱包や預けられていたお店の店員さんの態度からして、かなりの値打ちものらしい。

店に飾る予定だったが、その前に正しい価値を知っておきたい。

事情を伝えて、見てもらうと、

「こ、これは」

箱を開けたとたん、セルジュさんの表情が険しくなった。

慌てて懐から取り出した白い手袋をはめ、丁寧に梱包を解いていく。

そっと机に載せられた壷は、青みがかった白地に色鮮やかで細かい絵が描かれている。

かなり立派な壷には見えるが、

「むぅ……」

「あの、これはそんなに凄いものなんですか？」

「この地肌の青みと色鮮やかな装飾の特徴。おそらく、古代遺跡からの出土品です」

「古代遺跡？　それって」

「高い技術力を持っていたとされる古代文明の遺跡ですな。世界各地でまれに見つかりますが、ファットマ領にも大昔に発見されたものがあったはずです。

この壷は見ての通り美術品としての価値は高いのですが、製法が伝わっておらず、現代では作られていません。この壷のように完全な状態を保っているものは極めて珍しく、歴史的価値も高くなります。これは私も適正な値をつける自信がありません。どうしてもというのであれば、専門家に依頼すべきかと」

「そんな代物をどうしてファットマ領の領主様は僕に？」

「私に聞かれましても。ただ、依頼の報酬ということで受け取ったのなら、リョウマ様がそれ相応の仕事をしたと評価されたのでは？　一体、何をその領主様に提供したのですか」

何って、真珠やあの貝のことは教えてないはずだし……

温泉掃除と料理そして毒魚の調理法について説明。

「なるほど。ファットマ伯は美食家として有名な方ですし、同好の士への顔は広いと聞きます。新しい食の情報はいち早く欲しいでしょうし、上手くことを運ぶ自信があるのでしょう。その餃子という料理を中心に良い経済の流れが生まれ、将来的に10年20年と領地が潤うようになれば……そう考えれば、この壷を贈ってきたことも納得できますな」

納得できるんだ……とりあえずこれは大切に、飾るなら専用の保管ケースでも用意しよう。

「では次、ここからはスライム製品です」

「新たなスライム製品、気になりますね」

そしてまず出したのは、温泉でも使った酸性粘液。

さらにその隣に糸巻きに巻いた糸を並べる。

するとすると明らかにセルジュさんの目が糸を捉えていた。

「こちらの酸性粘液はスティッキースライムの粘着液とアシッドスライムの酸を混ぜたものので、使用に注意が必要ですが酸に弱い汚れ、たとえばトイレの黄ばみ落としなどに使えます」

「それは一般家庭もそうですが、特に宿屋などに需要がありそうですな。あとは注意点と使いやすさ次第でしょう。ところで、こちらの糸は？　スティッキースライムの糸とは明らかに違いますが」

どうやらセルジュさん的には、酸性粘液よりこの糸の方が気になるらしい。

「これはつい先日、ファットマ領から帰ってくる途中に進化したスライムが作った糸なんです」

「ほほう、それはどのようなスライムでしょうか？」

それはスティッキースライムが網を食べて進化したスライムで、〝ファイバースライム〟。名前からの推察だけど、厳密には網ではなく網を作っていた繊維が進化条件だったようだ。

元はスティッキースライムの中でも特に糸吐きを得意とし、モーガン商会にも卸していた糸作りをよく任せていた個体だったし、そういうことも関係するんだろうか？　進化したことによる変化は〝繊維化〟というスキルを新たに習得していたこと。

「この繊維化というスキルは体内に取り込んだ物質を一旦溶かし、糸状に形成して吐き出すようなんです」

このスキルについて理解したとき、前世の〝レーヨン〟を思い出した。

レーヨンとは植物の主成分であるセルロースをアルカリ性の薬剤などに溶かし、酸の中で紡糸する湿式紡糸という方法で作られる再生繊維で、絹に似せて作られたため人造絹糸、または人絹とも呼ばれていた繊維のこと。

ファイバースライムの繊維化スキルは薬品などを使わないけれど、その工程はレーヨンの製造方法に近かったのだ。

それに気づいてからは勢いのままに、ファイバースライムにセルロースを。さらに酸性粘液の製造過程でも気になる発見があり、試しにセルロースとしてフラッフスライムの綿毛を与え、スライム100%で完成したのがこの糸。

「名づけて〝スライムレーヨン〟です！　いまのところファイバースライムが進化した1匹しかいないので大量生産はできませんが、材料はフラッフスライムの綿毛なので有り余っているくらいですし、必要になれば肥料を与えて増産もできるので、材料に困ることはありません。商品としてはいかがでしょうか？」

「これは素晴(すば)らしいですよ！　この光沢(こうたく)、そして手触(てざわ)り。よくよく見れば絹糸とは少し違いますが、非常に近い繊維ですね。これを織ればさぞ美しい布ができるでしょう。また、それ自体の品質だけでなく、取り扱(あつか)う側としては調達が容易であることも嬉(うれ)しいですね」

　普通の絹は蚕の繭(まゆ)が原料だから、生産量や採れる時期が限られるし、増産も楽ではない。

　しかしスライムレーヨンなら、ファイバースライムに材料を与えればいつでも生産可能。

　生産量はファイバースライムを分裂(ぶんれつ)で増やしていけば、やがて増えるだろう。

　材料に関しては先ほど言った通り、肥料があればいくらでも用意できる。

「これなら普通の絹製品はこれまで通り高級品として貴族のお客様に。スライムレーヨンは絹を模した〝代用品〟ということで、一般のお客様に向けた商品に。差別化ができそうですな」

「既に完成した競争の激しい市場に、新参者が入っていくのは難しいですからね」

「仰(おっしゃ)る通りです。それに、こちらはあくまでも〝代用品〟。向こうは〝本物〟と印象付けることができれば、貴族のお客様はこぞって本物を手に入れようとしますので、絹を扱う業者や生産者から敵視されることもないでしょう。

　一般に向けて販売(はんばい)するにはもっと生産力が必要ですが、そこは時間の問題のようですね。この1巻きは預からせていただいても？」

「はい、色々と調べていただければと」

「かしこまりました。今後の参考にさせていただきます」

スライムレーヨンの話は大きくなりそうだ。

しかし、俺にはもう1つ。最後の品がある。

「セルジュさん」

「どうやら、私も心してかからなければならない〝何か〟があるようですな」

「はい。これもスライムが進化して作れるようになったものなのですが、僕自身とても驚きました。僕がこれまで見せた中で、最も価値があると考えています」

「リョウマ様がそこまで仰るとは珍しい……覚悟(かくご)はできました」

以前、ブラッディースライムの血清の話をした時のような、真剣(しんけん)な表情のセルジュさん。

そんな覚悟をした彼の前に、今回の旅の最大の収穫(しゅうかく)(?)である、パールスライムに作ってもらった真珠を納めた小箱を出す。

次の瞬間、

「ああ……」

「セルジュさん!?」

貧血でも起こしたかのように、彼は座っていた椅子(いす)の背もたれに倒(たお)れ込んでしまった。

手を前に出して、大丈夫だと言っているようなのだけれど……何かをぶつぶつ呟いている。

何か計算をしているようで、セルジュさんが普通の状態に戻るのには、数分を要した。

「失礼いたしました」

「いえいえ、こちらこそ驚かせてしまったようで」

「そうですね。驚きました。驚きましたとも」

それは当然だと言わんばかりに頷くセルジュさん。

「これはどう見ても真珠。これ1粒だけであればあれほど驚きはしませんが、リョウマ様はこれを〝作れるようになった〟と仰いましたね？」

「その通りです。先日、進化したスライムが真珠の体を持ち、真珠を作るスキルを持っていました。もちろん話す相手は選ぶ必要があると思ったので、この話をするのはセルジュさんが初めてです」

「それは良かった……本当に」

「ちなみに、真珠の相場はいかほどなのでしょうか？　この国では取れないので、非常に高価ということしか知らないので」

「時価ですが、これ1つでも手に入れようと思えば、小白金貨は必要でしょう」

小白金貨って、たしか1枚で１００万とかいう超高額貨幣だったはず。

「そんなにですか」

「値を上げる理由は沢山あります。

真珠を得るにはまず海で真珠を含む貝を採る必要がありますが、海にも魔獣はいますので、この作業が非常に危険であることがまず1つ。さらに採取した貝から真珠が見つかるのは、数万個から1個という確率の低さが1つ。そして得られた真珠は色も形も千差万別。宝石として使えるものはさらに少なくなり、宝石として使える真珠の価値は上がる……とはいえ〝原産国〟ならまだ比較的安く手に入ります。

この国のように真珠の採れない国は他にもありますから、買い付けをしたい商人が各国から原産国に訪れ、争い、関税や輸送費に護衛料など、もろもろの経費をかけて国に持ち帰ることになり、そこでまた値が跳ね上がるのですよ。当然ながら、仕入れに使った額よりも高く売れなければ損失になりますので。

他にも真珠の相場はその年の漁の成果にも左右されますね。1粒に小白金貨というのはほぼ下限と考えていただきたい」

セ、セルジュさんがいつもより饒舌に。おまけに妙な迫力を感じる。

それだけ貴重で大金になるということか……大金？

「それだけ高価なら……」

「リョウマ様？」

「……」

ふと思いついた、と言うべきか、それとも閃いたと言うべきか。頭の中でバラバラだった事柄が、それも全く関係ない事柄までが思い出されては急速に繋がっていく。

「リョウマ様、どうなさいま――」

「セルジュさん」

「――はい」

「以前話した、ゴミ処理場の話を覚えていますか？」

「ゴミ処理場というと……ああ、スカベンジャースライムを街のゴミ処理に使うという話ですか。覚えていますが、それが何か？」

「実はファットマ領での仕事で滞在していた村で、毎日のように家庭から出るゴミをもらっていたんです。スカベンジャーの餌にもなりますし、生活様式が違えば出てくるゴミもことは違って、先ほどのファイバースライムみたいに、スライムに新しい進化を促す物が見つかりました。

また、それだけではなくて、1つの家庭で出るゴミは小量でも、村の全部の家庭から集めれば大量になり、それだけ早く進化もしたんです。ですからゴミを集めるということは僕にとって、とてもメリットの多いことだと考えています」

「は、はあ。確かに、リョウマ様にとってはそうかもしれませんな」

「そうなんです。ですから僕は僕のため、自分の趣味のためにゴミ処理場を作りたい。しかしそのためには、ゴミの処分はスカベンジャー達に任せるにしても、そのためのゴミを回収してくる人や、進化や実験のために必要なものがあった場合にゴミの中からそれを分ける人、働く人を管理する人など、多くの人手が必要になってきます。大半が汚い仕事になりますし、以前は働いてくれる人を見つけるのも大変だと思っていましたが……今なら？」

「！　〝仕事を求める人が街に溢れている状態〟」

「その通りです。もっと言えば労働者を雇い放題、選び放題じゃないですか？　裏で糸を引く貴族にどのような思惑があって送り込まれてきたのかは知りませんが、ギムルに来た労働者の中には純粋に仕事を求めている人もいると思いますし、探せば有能な人もいるんじゃないでしょうか？

　また、いち早く職に就きたい、そういう焦りを抱いている人は職場に対する要求も下がるでしょう。そこにつけこんで不当に安い賃金や悪い環境で働かせる、というのはどうかと思いますが……向こうから要求を下げてくれるなら、雇う側としては得ではありませんか？」

「自己評価が無駄に高い方も時にはいますしね。言わんとすることは分かります」

「さらにこれです」

俺は机に置かれた真珠の小箱を、再び手で示す。

「新しい事業を始めるにも、人を雇うにも、相応のお金が必要。もちろん事業で必要経費を賄えるようにするのが理想ですが」

「たとえ事業での収入がなくとも、この1粒をしかるべきところで売れば、当面は凌げるでしょうな」

「はい。それにやりたいこと、やらなければならないことはまだまだあるんです」

まず、今の街の状態を考えて店の守りを強化しなくてはならない。

これまで通り、シュルス大樹海へ行く準備も必要だ。

具体的には自分を鍛える時間も必要だし、万が一のために薬や治療の勉強をしておきたい。

生活を楽にするための道具や保存食も研究したいし、もちろんスライムの研究もしたい。

また、今後も増えるだろうスライムを養っていくために、公爵家で魔獣の餌に使われているとある魔獣のことを教えてもらっていたが、個人で飼うにはテイマーギルドで試験を受けて、飼育許可を取らないといけないらしいので、そのための試験勉強も必要。

現時点でもやってみたいこと、やらなければいけないことが多すぎて、スライム研究にも前ほど手が回っていない状態だ。さらにこれらも追加するとなると、完全にお手上げ状態になってしまう。

全(すべ)てやりきるまで待っていたら、シュルス大樹海に行けるのはいつになることか。もしくは準備の途中で向かうか？　いや、中途半端(ちゅうとはんぱ)な準備でというのはどうかと思ってしまう。

「ですが、前々から皆さんは僕のことを心配して、言ってくださいましたよね。〝1人で全部をやる必要はない〟と」

「確かに、常々言っていましたが」

「まさに皆さんが仰っていた通り。スライム研究は自分でやりたいですが、例えば保存食の研究とか道具作りだとか、そういうことは自分の代わりに作業をしてくれる人を探し、任せればいい！　違いますか？」

「……リョウマ様。仰っていることが間違っているとは思いませんが……それはつまり、労働者に仕事を与えたいということなのでは？」

「？　まさか、そういうことは行政とか貴族とか、もっと偉(えら)い人達が考えてやることで、僕みたいな個人が考えることでも、やることでもないでしょう。

僕はあくまでも自分のために、趣味のために、足りない時間を捻出するために、降って湧いたお金を使ってどうにかしよう、というだけのことですよ。全ては自分のためです。

尤もその結果として、労働者に仕事が増えるのは事実だと思いますが」

「本当ですかな？」

そう言って、じっと俺の顔を見てくるセルジュさん。

どうしたんだろうか？　なぜ俺はそんなに疑われているのか？

疑問に思っていると、彼は1つため息を吐いて、何かに納得している様子。

「分かりました。ですが、様々な新事業もそうですが、特にゴミ処理場を新しく造るなら色々と根回しも必要になります。とりあえず商業ギルドでギルドマスターも交えて、もう少し細かい部分を詰めていくというのはいかがでしょうか？」

「！　ありがとうございます！　そうですね。それがいいと思います！」

災い転じて福となす、と言えばいいのだろうか？

考え方や見方を変えることで、悪い状況もチャンスに変えることができるかもしれない！

7章3話 カルムの心配（前編）

Side　カルム・ノーラッド

良い香りと共に目が覚める。

シェルマさんが準備をしてくれている朝食だ。

……今日の朝はこれまでにない香りがする。

これはこれで良い香りだけれど、なんだろう？

もう半年以上。毎朝続き、慣れた朝の穏やかな時間。

朝食のメニューを予想しながら身支度を整え、寮の食堂へ向かうと、

「あっ、おはようございます」

何故か店長が朝食の準備の手伝いをしていた。

「おはようございます、店長。今日はやけに早いですね」

店長は北鉱山の管理もしているため、普段はそちらから店に通う。

だから通常、この時間にここにいることはない。

一体どうしたのかと聞いてみると、

「実は昨日、帰る前にセルジュさんのお店を訪ねたのですが、ちょっと話に熱が入ってしまいまして。話の流れで商業ギルドへ向かって、ギルドマスターと面会してそこでもまた熱が入って。気づいたらかなり遅い時間になっていたので、ギルドマスターがご厚意でギルドの仮眠室に泊めてくださったんです」

「それでこんなに」

早いはずだ。家まで帰っていないのだから。

それでちゃんと休めたのならいいのだけれど、それとは別に気になることが1つ。

「セルジュ様とギルドマスターまで交えて、一体何の話をしていたんですか？」

「そうでした。洗濯屋の業務に影響はないと思いますが、カルムさんにも聞いて頂きたかったんです。実は――」

「おはようございまーす！」

おや？　ジェーンさん、他の皆さんも来たようだ。

「あれっ⁉　店長⁉」

「あら～？　本当に店長さんがいますね～？」

「おはようございます。店長」

「おはようございます。お邪魔してます。あ、カルムさん。続きはお食事の時にでも」

「かしこまりました」

店長はここでシェルマさんの手伝いをしていたようで、朝食の準備に戻っていった。

……旅から帰って早々、夜遅くの話し合いに、早朝からの朝食準備の手伝いと、ちゃんと休んでいるのでしょうか……

そう考えている間にも次々と従業員の皆さんが食堂にやってくる。

そして間もなく、朝食の時間になり……

「――というわけなんですよ」

店長はとんでもない話をなんでもないことのように語ってくれた。

「つまり、店長は他にも、多業種に手を出すと？」

「僕にとっては〝ジュルス大樹海へ帰る〟という目標達成のための準備であり、自分が知識や技術を蓄えるため、自分への投資なのですが、結果的にそうなりそうですね」

店長の言いたいことはわかる。たとえば〝旅の準備〟。

空間魔法を使える店長は、そうでない人よりもはるかに多くの荷物を運ぶことができるし、夜は安全に眠ることもできる。ただし冒険者の仕事では補給もままならず、自らの力しか頼りにできない状況が多々あると聞く。

そして実際に店長は、国で5本の指に入ると言われる危険区域に向かおうとしているのだ。魔力を温存しなければならない状況、あるいは魔法が使えない状況も考えられる。

そういった状況に陥って、魔法が使えなければ何もできないのでは話にならない。またそんな状況でも可能な限り、ゆっくりと心と体を休められるようにするために、野営の道具や持っていく保存食のことも考え、より良いものを持って行きたいと思うのは当然のことだろう。

自分だってギムルに呼ばれた際には道中の旅で野営をしたり、さほど美味しくもない保存食を食べたりと、到着直後はかなり疲労していた覚えがある。

冒険者でもなんでもない、護衛に守られた状態でも、慣れていない人間にとっては旅をする、それだけでも大きな負担となりえると身をもって知った。

日常的に旅や野営を繰り返す冒険者なら、さらに金銭に余裕があるなら、より良いものを求めるのも自然なことだと思う。

しかし、だからといって、〝保存食作りの研究〟から自分で始める冒険者がいるだろうか？

……違った、目の前にいるこの人以外にいるのだろうか？

しかも店長がやりたいことは保存食だけではなく、とにかく多岐にわたるらしい。

昨夜はその〝多岐〟がどれほどになるか？

実行するとしたらまずどこに連絡し、根回しをしておくべきか？

必要な資金はどれほどになるか？

等々、ひたすら相談に相談を重ねていたらしい。

さらには公爵家や商業ギルド以外のギルドにも、ギルドマスター宛の手紙を書いたとか、3日後に行われるギルドマスター同士の会合にも店長は参加することになったとか……相変わらずとんでもないことをさらりと仰る人だ。

「ねぇ副店長さん？　今の話、どっからどこまでが本当なのかな？　僕にはちょっと信じられないような内容だったんだけど」

「店長は全部本気で仰っていますね。全部です」

他の人は多少驚きつつも、店長のことだからと納得もしているようだけど、唯一新人のユーダムさんだけは信じられないと確認を取りにきた。

それも当然。いや、それが当然だ。

昨日の話も、まず突然ギルドに押しかけてギルドマスターに面会を求めたところで、普通は会ってもらえない。ましてや夜遅くまで話し込むなんて、多忙な業務の中でそれだけの時間を割いてもらえることも普通ではまずありえない。

前者はまだセルジュ様のような大商人なら、ギルドの方から便宜を図ることはある。もしくはよほどの緊急事態なら、そういうこともあるだろう。だけど大抵はひとまず下の者が用件を聞いて確認を取り、詳しいことはまた日を改めて、という流れになるはずだ。

普通はありえないほどの待遇。

しかし、現在の労働者の過剰流入による問題の数々を考えると、ある程度納得できる答えにたどり着く。

「労働者に仕事を与えるため、ですか」

「カルムさんまで……セルジュさんからもグリシエーラさんからも言われましたよ。そんなこと僕みたいな個人で考えることじゃないでしょう、って何度も言ってるのに。これは僕の、僕の将来のための投資ですってば。その結果として、労働者の方々に少し仕事が回るだろう、ということは否定しませんが」

店長はそう言いますが、店長の〝自分のため〟はとても信じられません。

店長はそもそも冒険者業の保険として、生活費を安定して稼ぐためにこの店を経営していると言いますが、常々気にしているのは自分の収入ではなく、従業員とスライムの待遇や労働環境。それ故に私を含めた従業員からの満足度は高く、仕事中の士気も高いのですが……その次に気にするのはお客様のことで、自分のことは2の次3の次にしがちです。

この店に紹介された当初、セルジュ様からもその点は気をつけるようにと指示を受けましたが、たとえ指示がなくても気にはなったでしょう。

店長は〝人が好すぎる〟。

人としては美徳になるでしょうけど、商人としてはやや不安。

私と姉が派遣されたのは、主にその点を補い、支えるためだと思っています。

それほど人がいい店長のことです。

「準備をしなければならないことが多い、というのは事実でしょう」

「そうそう、その通りです。危険な場所に行くのだから、準備はしっかりしておかないと」

事実ではあるのでしょうけど、私にはそれが労働者に仕事を与える口実に聞こえます。

というか見た限り、同じ話を聞いている従業員の皆さんもそう考えている様子。

皆、誰も何も言いませんが、店長の言葉通りに受け止めている人はいないようです。

強いて言えば、やはり一番の新人であるユーダムさんが店長が本気なのかを疑っているようですが……仕方のないことですね。

尤も、新規事業のための資金は潤沢にあるようですし、リスクが大きすぎるならば、セルジュ様やギルドマスター達が止めるでしょう。それでいて〝話を進める〟と判断されたのなら、それだけの価値があり、分の悪い賭けでもないはず。

私は私の領分で、この店の経営に全力を尽くします。

そして将来は――

「あっ、そうでした店長。以前、うちの真似をして洗濯屋を開いた店を調べて欲しい、と頼まれていた件でご報告させていただきたいことが」

「そういえば旅に出る前にお願いしてましたね。聞かせてください」

「はい。結論から申し上げますと、9割以上の店は潰れていました。クリーナースライムがいないので人力で洗濯するしかなく、速さや仕上がり、値段設定でうちには勝てなかったのが大きな原因だと思いますが……驚いたことに、まだ営業を続けている店もあったんです」

「へぇ、どんなお店ですか」

「ギムルの西。職人街にあるご自宅兼元工房を店舗として、母と幼い息子と娘さん。合計3人の家族で経営しているお店です」

「儲かっているんですか？」

「いえ、まったく。どうも去年亡くなった旦那さんがかなり人望に厚い方だったようで、周囲の人々に支えられているので、何とかやっていけている、という状態のようです」

「なるほど……ここは街の東側ですから、反対側の西側にも支店ができれば、西側から来るお客様が楽になるでしょう。製鉄所を始めとして、職人街のある西からは大口のお客様も多かったと記憶しています。場所的にも悪くないですし、元々そちらの方々と信頼関係ができている方に協力していただけたら、心強いですね。

しかし向こうには向こうの都合があるでしょうし、僕達だけで話していても仕方ありません。買収の目的やその後の管理体制をまとめて、一度先方にご挨拶に伺う必要があると思うのですが」

「その通りです。こればかりは代理の身で行うには荷が重く、また無礼だと感じられる方もいらっしゃいますので、店長自らお願いします。もちろん私も準備に協力しますし、同行して細かい契約などについてもサポートしますので」

「分かりました。買収の手順や作法について、一通り教えていただけますか？　なにぶん経験がないもので」

「ご安心ください。心得ています。とりあえず食事を済ませてしまいましょう」

こうして食事を終えた後、私達はすぐに店舗の執務室へと移動。

買収についての説明と必要な資料作りや先方への連絡はもちろん、溜まっていた書類仕事も併せて、１日かけて全て終わらせました。

……別に１日で終わらせなければならないほど逼迫した仕事はなかったのですが……これはまた何か、１人で仕事を抱え込もうとしていそうですね。

セルジュ様との話もあるのでしょうけど、店長が予想を超えてくるのはいつものこと。物事を良い方向に進めるために思考を巡らせて、余計なことではなくても、結果的に自分の仕事を増やすような人ですからね……まったく。これは明日にでも。

「副店長」

「えっ⁉　ああ、ユーダムさんですか。驚いた……」

「ノックはしたんだけど、何か考え事かい？　あと、あの店長さんは帰ったの？　シェルマさんに頼まれて、２人のお茶とお菓子を持ってきたんだけど」

「ええ、仕事が終わったので。今日こそは家に帰るんだと言っていましたよ」

「そっか。じゃあこのお茶とお菓子、余る方を貰っていいかな？」

「どうぞ、残してももったいないですし」

「ありがとう」

そう言った次の瞬間には飲み食いを始めている。

彼の言動は軽薄な印象を受けますが、不思議と不快さは感じさせません。

「ところで、仕事が終わったって本当？」

「ええ、本当ですが。何か？」

「普通あのくらいの子に書類仕事とかできないっしょ。少なくとも僕があのくらいの頃だったら絶対無理だって。勉強で椅子に座(すわ)ってるのも辛(つら)かったし」

「ああ、そういう意味で」

……そういえば、店長はどこで書類仕事を習ったんでしょうか？

私も書類仕事のやり方を教えて欲しいと言われて教えたことはありますが、それはギルドに提出する公文書などで〝こちらの様式に〟慣れていないという印象はありましたが、書類仕事そのものには慣れどころかベテランの風格すら感じます。

「私も店長くらいの頃から書類仕事を学び始めましたし、人によっては可能なのでは？」

私の場合は将来のための手伝いと言う感じで、まさに半人前かそれ以下の仕事量だったと思いますが、これまでに色々とやっている店長ならと納得です。

「特定の分野にずば抜(ぬ)けた才能を持つ子供がいるのは知ってるよ。でも僕が見た感じ、店長はそれとは違う感じがするんだよねぇ……なんていうか、子供っぽくない」

突然真顔になり、わざとらしく、どうだ？　と聞くような態度にはクスリと笑ってしまった。

「それは否定できませんね」

「だろう？　まぁ、それは別にいいんだけど、ちょっと気になることがあるんだ」

「気になること？　何でしょう？」

「僕の気のせいならいいんだけどさ、なんかあの店長さん、ずっとピリピリしてないかい？」

「ピリピリ、ですか？」

「うん。特に最初に会った時。すっごい張り詰めた感じがしててさ。ここの店長さんは穏やかな人だ、って聞いてたこともあって、同一人物とは思わなかったんだよね。今日は今日で、張り詰めてるのを隠して、無理やり明るく振舞ってるような……そんな感じ？」

なるほど……

「心当たりがある？」

「張り詰めている、無理に明るく振舞っているとは思いませんでしたが……いつもより仕事に集中なさっていたというか、急いで仕事を終わらせていたようには感じましたね。今後は忙しくなることが予想されることもあるのでしょうけど」

「あ、それも僕からするとよく分からないんだよね……店長さんってモーガン商会の会頭さんの所に行ったんだろう？　放火されたってことで無事の確認に行ったみたいだけど、そこからどうして新事業の話になるのかとか」

「確かに慣れないと、いえ、慣れていても変に思うかもしれませんが、店長は時々思考が飛躍するというか、過程を飛ばすようなことも珍しくないですよ」

「天才肌ってやつなのかな？　でもそれだと会話が大変じゃないかい？」

「最初は少し、勢いに圧倒されたこともあります。でも1つずつ、改めて〝どうしてそうなったのか〟を聞けば、ちゃんと順を追って話をしてくれますから、それほどでもないですね。研究職の方にはありがちな癖ですし……あまり大声では言えませんが、昔の職場のお客様にいた研究職の方よりは、聞けば丁寧に答えていただけるだけはるかにマシです」

「ああー、いるよね。一方的にまくし立てた挙句、何故理解できないのか？　って感じの人。それを考えたらだいぶ親切か」

　おや？　随分と身に染みているような……

「ユーダムさん、そういう方がお知り合いにいるんですか？」

「え？　ははっ、腕試しにいろいろな所を旅してきたからね。いろんな人との出会いもあったのさ。そういう人って悪い奴じゃないんだけど、困るんだよね」

　僕達はどちらからともなく笑い合った。

「でもそういえば……」

「ん？　なんだい？」

「いえ、先ほどの〝店長がピリピリしている〟という話、あと〝子供らしくない〟って話もしたでしょう？　それと関係があるのか分かりませんが……店長って、〝問題〟があるとすぐ〝解決〟を考えるような節があるんですよね」

「どういうことだい？」

「なんというか、こう、子供みたいに泣いたりしないというか、切り替えが早いと言いますか……改めて説明しようとすると難しいですね」

どう伝えるかを考えている間、ユーダムさんは急かすことなくじっと待ってくれる。

本当に、普段は軽い感じの人なのに、こういう細かいところで真面目さを感じさせる人だ。

「そうですね……例えば、先ほどの〝放火された商会に知人の無事を確認に行って、どうして新事業の話になるのか〟という話ですが、〝商人〟としての利益を考えると、ある意味自然なのではないでしょうか？」

「というと？」

「身も蓋もないことを言ってしまうと、いくら心配の言葉をかけられたところで、それは銅貨1枚の得にもなりません」

「本当に身も蓋もないね！」

もちろん、そうやって心配していただけるのは商人として、人としてありがたいことです。

「ですが放火によって受けた損害は商品から建物、対応のための閉店期間中に得られたはずの売り上げ、再犯防止のための警備体制強化と多岐に亘ります。

それら諸々の出費に対して、人員の無事や警備体制のことを延々と語られても大した意味はありません。ましてや商会側が既に問題への対応を済ませているなら尚更。最終的な問題は資金的な負担の1点に集中すると言ってもいいでしょう。

そういう〝実利的な面だけ〟を見れば、万の言葉より一度の儲け話の方が、経営者としてはありがたい」

本人から聞いた限り、資金源は店長がお爺様とお婆様から受け継いだ膨大な遺産。

そして新事業の計画には、モーガン商会と共同のスライム製品工場も含まれていました。

つまり、店長から、モーガン商会への資金提供が行われるということも含まれているのでは？

セルジュ様は1回の放火騒ぎ程度で傾くような経営をする人ではありませんが、それはまた別問題。予定外の出費があった所に、損失を補える資金提供があれば、それはそれで助かるはず。

さらに付け加えると、出資を受ける＝借金という形になっても、店長は下手な乗っ取りなど考える人ではありません。借りる相手としては善良と考えていい。人気商品を増産するための工場を建てるのであれば、先々の利益にも繋げられるでしょう。

「なるほどね。問題にぶち当たった時に、子供は泣いたりする。だけど泣いてるばかりじゃ何も変わらない。だから即座に解決策を考え始める。そんな感じで、店長は現実的で合理的な考え方をする。そういう一面もあるってことかな？」

どうやら理解していただけたようです。

「なにかとスライムを話に絡めてきたり、どこで得たのか分からない知識を持っていたり。変わった人ではありますが、問題に即座に対応しようとする姿勢や、仕事に対して真面目なところは見ていて心強いですね。たとえ姿が子供であっても。足りない部分は私や他の人が補えばいいわけですし」

「信頼してるんだね」

「何かにつけて仕事を抱え込む癖があるので、そこは心配ですが」

「あはは、その気持ちは僕にはわからないなぁ。僕は仕事は必要最低限にしたい人間だからね。……って、そうだ。面白い話を聞かせてくれてありがとね。それじゃ僕は仕事に戻るから」

「あっ、はい、よろしくお願いします」

と、僕が言う間に彼は素早く空になった自分の茶器やお菓子の皿を回収し、執務室から去っていった。

「お菓子はちゃっかり、綺麗に食べていきましたね」

しかし、ユーダムさんの店長がピリピリしていたという話……気になりますね。

彼は意外とよく人を見ていますし、人の心の機微にも敏感なようです。

私も少し気になっていたところもあります。店長の様子はもっと気にしておきましょう。

7章4話　カルムの心配（後編）

Side　カルム・ノーラッド

そして翌日。

「おはようございます！」

本日の店長は通常通りの時間に出勤。

張り詰めた、というよりも少し明るすぎるくらいなのが気になりますが、

「おはようございます、店長。昨日はちゃんと帰って休めましたか？」

「え？　ええ、それなりに」

今、妙な間がありましたね。

「店長？　ちゃんと休んでますか？」

「ちゃんと帰りましたし、寝ましたよ。ただ帰ったらまたスライムが進化したので、少々就寝時間が遅くなったというだけで」

「またですか。程々にしてくださいね」

「大丈夫です。仕事に支障が出るほどではありませんし、もうじきこの進化ラッシュも終わると思いますから。ファットマ領でお世話になった村の人から集めた大量のゴミ。それによってスライム達が急速に養分を蓄えて、進化の準備を整えているようなので。

あ、ちなみに昨夜進化したのは2種。どちらも向こうで食用とされる〝ミズグモ〟を食べるスティッキースライムからの進化で、片方は〝営巣〟や〝捕縛〟というスキルが特徴の〝スパイダースライム〟。この結果を考慮するとミズグモって本当に蜘蛛だったみたいですね。蟹だと思ってましたけど……まぁそれは些細なこと。もう片方は〝甲殻成形〟スキルを持つ〝クラストスライム〟になったんですよ。

　どちらも基本的な能力や外見はスティッキーと変わらないのですが――」

「そうでした店長。例の洗濯屋からの返事が届いていますよ」

「――あっ、そうですか？　昨日の今日なのに早いですね。もっと時間がかかるかと思いましたが」

　楽しそうに語っているところを遮るのは申し訳ないですが、スライムの話になると店長は何時間でも語り始めてしまうので、朝一で届いていた先方からの手紙を見せて注意を逸らします。これが昼休みや終業後なら別にいいのですが、開店中は控えていただかねば。

店長と副店長が仕事を放り出していたら、周囲に示しがつきません。

尤も、店長もそこは理解していて、基本的に真面目な方なので大した問題ではないですが……おや？

「ん～……この手紙、店に来るのはいつでもいいと書いてありますね。文面通りに受け取って、今日とかでも大丈夫なんでしょうか？」

「私にも見せていただけますか？」

店長から手紙を受け取り、目を通す。……なるほど。

「実際に訪問はいつでもいいと書かれていますし、明らかに多忙そうな時でなければ大丈夫だと思いますよ」

「なるほど。じゃあお昼を過ぎた頃。昼食が終わってからお店を訪ねてみましょうか。服もしっかりした物にしたいですし、休憩時間にお邪魔するのはできるだけ避けたいですから」

「かしこまりました。私も準備をしておきます」

と言ったところで、直前に服の話が出たからか、ここで店長の腕に目が留まった。

「珍しいですね。腕輪ですか？」

店長は基本的にアクセサリーの類を身に着けない。着けているところを見たことがない。生まれ育った土地の風習によっては、年齢や性別に拘わらず、決まったものを身に着けることもあるけれど、そういう話も聞かない。

しかし、今日の店長の左腕（ひだりうで）には金属製の綱（つな）が巻きつき、その両端（りょうたん）を繋（つな）ぐ留め金に飾り石（かざいし）があしらわれて一体化した、腕輪のようなものがはめられている。

と、思ったら、

「これですか？　ふふふ、そう見えます？」

「違（ちが）うのですか？」

「いえ、そう見えるようにしているので、間違いではないのですが。実はこれもスライムなんですよ。ファットマ領で進化したワイヤースライムといいまして、体を伸（の）ばして糸状になれるんです。その応用として飾りになる石と組み合わせたらアクセサリーのようにも見えるのではないかと思って試（ため）していて」

「そうだったのですか……」

果たして、アクセサリーをわざわざスライムで代用することに意味があるのでしょうか？

そんな素朴（そぼく）な疑問が頭に浮（う）かびましたが、楽しそうに語る店長の姿を見てしまうと口にするのは憚（はばか）られ、何も言うことなく適当な話の切れ目を見つけ、話を仕事に戻（もど）しました。

■■■

そして昼食後。

身支度を整えた私と店長に加え、

「よろしくお願いします。ユーダムさん」

「任せたまえ！」

なんと、同行者に護衛としてユーダムさんが加わりました。

聞けば店長自ら護衛をお願いしたとの事で、私は内心驚いています。

なぜかというと、店長は普段、全くと言っていいほど護衛を伴わないから。

今でこそ店長は冒険者であり、かなりの実力を持っていることを心から理解していますが、私が店長と出会ってすぐの頃は、大人びていてもまだ子供だという認識が強く、店が繁盛し些細なやっかみで妨害を受け始めた頃は、何度も専属の護衛を側に置くようにと進言しました。

そして店長は基本的に私や姉の言葉によく耳を傾け、意見を取り入れてくれるのですが
……

〝自分は冒険者だから〟、〝自分の身は自分で守れるから〟、〝大丈夫、大丈夫〟

と、そのようにやんわりと、しかし断固として護衛をつけることだけは聞き入れなかったのです。唯一の例外として、公爵家を訪ねる際には形式的な意味でフェイさんに同行をお願いしましたが。本当にその1回きり。

フェイさん、リーリンさん、ドルチェ君にオックスさん……店や私達従業員には万が一もないように徹底的に。一商店の護衛として過剰なほどの戦力を集めているのにも拘わらず、自分にはまるで無頓着なのです。

生半可な腕の護衛では逆に足手まといになるのかもしれませんが……

「カルムさん、どうかしましたか？　なんか、さっきからじっと見られているような」

どうやら目で追っていたようです。

「店長が自ら護衛をお願いするなんて珍しいなと」

「え？　……そういえばカルムさんとカルラさんには何度も勧められていましたよね」

店長もかつて私と姉が進言していたこと、そして聞き入れなかったことを覚えているのでしょう。少々気まずそうに目を逸らします。

「別に怒っているわけではありませんよ。今では店長が強いというのも理解してますし。ただ、どうして今日はユーダムさんに声をかけたのかと純粋に疑問で」

「最近何かと物騒と聞きますから。今朝も何かあったみたいで、連行されていく人達を見かけましたし、あとはこの服（スーツ）は激しく動くのに向きませんから。あ、でも今度魔獣（まじゅう）の皮とか、運動性の高い素材で動けるスーツを作ってもらうのもいいかもしれませんね」

「動ける礼服かぁ。戦闘用（せんとうよう）にはどうかとおもうけど、礼服が動きやすくなるなら需要（じゅよう）があるだろうね。普通の服でも動きやすいに越（こ）したことはないし」

　そういえば店長がお住まいの北鉱山から街に来れば、通るのは北門。確かあの付近には警備兵の詰（つ）め所（しょ）の他に留置場がありましたね。それでたまたま連行される人を見たと言うのは納得（なっとく）できますが、その程度なら前にも似たようなことはあったはず……服が動きづらい、だから念のため？

「たとえば関節部分だけでも――」

「僕が昔行った所では――」

「そんな皮や植物が!?　魔獣って本当に多種多様なんですね。だったら――」

　……というか店長、動きやすい礼服についてユーダムさんと語り合わないでください。

「店長。こういう何気ない会話から思いだしたかのようにアイデアを出す。その発想力は素直（すなお）に賞賛しますが、アイデアが全部口から出てます」

「あっ、すみません。ユーダムさん、この話はまた後で」

「了解（りょうかい）！」

まったく、店長は職人気質というか、研究者気質というか……今はまだ思い付きとはいえ、もしかしたら将来大金を生むかもしれない情報。それを具体化する案を出しながら街を歩くのは、私には1人の商人として見過ごせませんでした。

セルジュ様やギルドマスターの対応を過保護ではないかと思ったことも何度かあるのですが、時々こういうことがあるので、見守っていると心配になるのでしょう……

そんなことを考えながら、私は周囲の店や街の建物について何気ない話をしている2人について歩きます。

■　■　■

そして――

「……あの、カルムさん？」

「はい」

「あそこが例のお店なんですよね」

「そのはずですが……」

件(くだん)の洗濯屋がある通りに入って、自然と私達の足が止まりました。店まであと少し、あと数歩というところに、人の山があるのです。それも体格の良い若い男達が、角材や金槌などを持ち出して……とてもお客とは思えない剣呑な雰囲気を出しています。

「こりゃどう見ても穏やかじゃないね。どうする？　店長さん」

「どうすると言われましても……どうやらもうこちらに気づいている人もいるみたいですし、日を改めるにしても、話を聞いてみないことには都合の善し悪しも分かりません。もしもの場合はよろしくお願いしますね」

店長は僅かに硬い声でそう告げると、堂々と集団へと近づいていきます。

私とユーダムさんは離れないように脇を固めます。

近づくにつれて集団からは見定めるような視線が多く向けられ、

「こんにちは。少々お尋ねしますが、何かあったんですか？」

馬1頭分の距離まで近づいたところで、先に口を開いたのは店長。

そして集団が僅かにざわついて、口を開いたのは1人の男性。

「なんでもねぇよ」

……この状況でなんでもないとは到底思えませんが、そう言うのなら、

「そうですか。では通していただけますか？　我々はそのお店に用があるので」

と、店長がそう告げた途端。男の表情が、不機嫌なものから怒りへと変わる。

「おいこら、この店に用って言ったな。何の用だ」

「ええと、貴方(あなた)はお店の関係者ですか？」

「んなことどうだっていいだろうが！」

「どうでもよくはありませんよ」

あまりの態度に、つい口が出てしまいました。

当然のようにこちらを睨(にら)んで来る男性。

ですが、

「我々はこのお店の責任者と商談に来ました。商談内容を店の関係者でもない人に教える義務はありませんし、商人としての信用にも関わります。関係者であるかどうかを確認するのは当然のこと。そもそも我々は事前に手紙で、そちらのお店の店長様にも連絡を取っています。関係者でないのならお引き取りください」

「……ッ！」

そう言うと反論もできないようで、数秒押し黙(だま)った後、

「ちっ！　ごちゃごちゃと……だがやっぱりか！　お前らが変な契約でこの店を奪(うば)い取(と)ろうとしてる地上げ屋だな！」

「……は？」

突然、何を言い出すのでしょうか、この男は。

「まさか子供連れとは思わなかったが、地上げ屋ならそのガキの肝の据わり方も納得だ」

「いえ、それは単に店長が――」

「口先で丸め込もうったってそうはいくか！　俺らは聞いてんだよ、この店を買い取らせろって手紙が送りつけられたってな！」

「それは！」

確かに我々は昨日、買収の話をしたためた手紙を送りましたが、地上げだなんてとんでもない。手紙の要点を思い出してみても、

目的：お客様にとっての利便性を高めること。

　　複数の店舗にお客様を分散することで、1つの店舗あたりの負担を軽減すること。

条件：現在、相手方が所有している自宅兼工房の買取。工房のみでも可。応相談。

　　買収後、希望者はそのまま雇用を継続する。現住所からの退去は求めない。

　　基本的に買収前後の違いは仕事の内容。バンブーフォレストのやり方に統一。

　　ただし支店の従業員や命令系統の変化は最小限に止めるように配慮する。


このような内容で送ったはず。親子を追い出そうなんて思ってもいません。むしろそのまま働いてくれた方が良いとさえ思っていたので、このような対応を受ける謂れはないと

思うのですが……

「ちょっと待ってください。冷静に話を」

「ふざけんなっ！　そうやって人を騙して金や家を巻き上げるのがテメェらの手口だろ！」

「そうだそうだ!!」

「お前らのせいで！　行くアテもないまま家を追い出された奴もいるんだぞ！」

「この店だって！　何度も売るように迫る人が来ていたじゃないか！」

最初の男の怒声を皮切りに、周囲にいた男達も声を上げ始めました。

既に家を追い出された？　この店を売れと迫る人が来ていた⁇　それは、

「カルムさん」

「店長。おそらく同じことを考えているかと」

「っていうか、これ間違いなく他の誰かと間違われてるよね」

最近、街の色々な所で様々な問題が起きているとは耳にしていました。

それはここでも例外ではなかったようです。

きっと、彼らが仰るような行為をしている輩がいるのでしょう。

しかし、それは我々ではありませんし、一緒にされては困ります。

「皆さんの仰りたいことは概ね理解しました。ですが、その悪事を働いたのは我々ではありません。我々はギムルの東に店を構える洗濯屋、バンブーフォレストの者です」

「そちらのお店の店長様からも、〝いつでも来ていい〟との返事をいただいています」

先にかけられた容疑を明確に否定し、店の名を出した店長に続き、私も手紙に返事をいただいたことを説明。すると、

「バンブーフォレスト、って、あそこだよな」

「ああ、たしかうちの工房も世話になってる」

「奥さんから手紙に返事があったって？」

「そういやあの店は子供が店長やってるって噂が……え？　マジか？」

どうやら当店のことをご存じの方もいたようです。

集団の中から声が上がり始め、だんだんと敵意が薄れた、その時。

「騙されるなッ!!」

またしてもあの男性が怒鳴ります。

「実際にある店の名前を騙って話を持ちかけてきた奴もいただろうが！」

「そ、そうか！」

「いや、でもあの店けっこう儲かってるみたいだし」

「だよな？　話くらいはさせてやっても」

「馬鹿野郎（ばかやろう）！　思い出せ！　そうやってホイホイ話を聞いて、契約に持ち込まれた奴が何人いるか！　ギルドだって〝契約がある〟の一点張りで何もしてくれなかっただろ！　これで奥さんと子供達が路頭に迷うことになってみろ！　お前ら親父（おやじ）さんに顔向けできんのか⁉」

男の言葉で次々と、話を聞く気になりかけていた人々の表情が曇（くも）りました。

もしかすると、実際に騙された人もこの中にはいるのかもしれません。

ギルドが何もしなかった、というのは少々気になりますが、

「たとえ子供でも、この店に手を出すなら容赦（ようしゃ）はしねぇ！　二度とここに来る気が起きねぇように叩（たた）き出してやる！」

これはまずい、全く話が通じない。

「……だったのにな……」

「え？　店――⁉」

呟（つぶや）かれた言葉が聞き取れず、ふと目を向けた瞬間。

目に飛び込んできたのは、これまでに見たことのない店長の瞳（ひとみ）。

店長は前々からたまに、何かを思い出して落ち込むことはありましたが、今回はその比

ではなく……暗く、重いものを感じました。

「店長？　どうされました？」

「いや、なんとなく今の状況を見てると残念というか……もちろん、皆さんにも色々とあったせいなんでしょうけど……街の人もこれじゃ、ゴロツキと変わらないじゃないですか」

その声には深い落胆、失望のようなものが込められていたように思います。

そう言いたくなる気持ちも分からなくはありません。むしろ納得です……が、

「ああん!?　今なんて言いやがった！」

この場では、火に油を注ぐ最悪の一言。

咄嗟にユーダムさんが前へ――

「っ!?　いいのかい？」

――出ようとして店長自身に止められました。

「自分で思ったことを自分で口にした結果です。それを受け止めるのも自分でしょう。ユーダムさんはカルムさんに万が一がないように」

「……了解」

「良い度胸してんじゃねぇか」

「別に間違ったことを言ったとは思っていませんからね。訂正する気もないですし。その

必要もないでしょう」

　その言葉で余計に雰囲気が悪くなっていきますが、店長はさらに、

「いい大人が集まって、そんな得物を見せびらかして、大声を上げて威圧しようとするばかりで、まともな会話もできない。するつもりもない。街中で騒動を起こしているゴロツキと何が違うのですか？　と、私は思いましたし、言いました。間違っていますか？」

「こ、このクソガキが……」

　店長……同意はしますが、わざわざ言い直さなくても。

　口調は丁寧、そして淡々としていますが、言葉の端々に鋭い棘を感じます。

「ユーダムさん、私も分かりました。昨日話していた、ピリピリという感じ」

「そりゃ良かった。で、どう対応する？」

「……わかりませんね。普段は何を言われても、そうですね～、とか言って笑って流すような人ですから。こんな反応は初めてです」

　ここは一度、強引にでもこの場を――

「ところで、そちらの扉の陰にいらっしゃるのは、そちらのお店の店長様でしょうか？」

『!?』

「あ……！」

店長と男性に注目していて気づきませんでした。

男性達が集まっていた店の扉が少し開き、隙間から細身で妙齢の女性が様子を窺っていたようです。おそらくは、彼女がこの店の女店主。

「な、何やってんだ奥さん！　早く中へ！」

「その……私……」

「お話をさせていただけま――」

「他人の話に割って入ってくるんじゃやねぇ！」

「――お話をさせていただけませんか？」

「大丈夫だ！　あんたと子供達は俺らが守ってやるから！」

「あ……」

女店主の視線が店長や我々、集まった男達の間を行ったり来たり。

その間も男は必死に、迷うそぶりを見せる女性に言葉を投げかけ、

「……すみません」

そして最終的に、女店主は店に戻ってしまいました。

すると店長は我々を見て、

「2人とも、帰りましょう」

先ほどまでのやりとりは何だったのか。

もう興味を失ったと言わんばかりに、来た道を戻ろうとしています。

その変わり身の早さには、先ほどまで絡んでいた男も戸惑った様子。

「え、あ？　おい！」

「あ、お邪魔しました。奥様の意思は確認できたと判断し、我々は帰ります。もうここに来ることはないと思いますが、もし先ほどの件で文句などあれば、店の方でアポイントを取ってください」

「アポイント、ってなんだよ……？」

「失礼、面会の約束のことです。私は逃げも隠れもしません。その手の物を持ってきても構いません。ただ、うちの店員やお客様を怖がらせたり、傷つけるようなことがあれば、全力で対処させていただきます」

その言葉に込められた、静かながら有無を言わせない圧力。

「ユーダムさん、我々も行きましょう」

「ああ！」

幸いにも店長はゆっくり歩いているだけだったので、追いつくのは簡単でした。

「店長。どうされたんですか？　突然」

「カルムさん、すみません。ですが、あのお店の買収は諦めたほうがいい……いえ、僕は魅力を感じなくなりました。残念ですが、別のお店と人を探すか、普通に支店を作りましょう」

「それについては私も異議はありません。焦る必要もないことですし、また1からゆっくり考えましょう」

「そうですね」

……それっきり、黙り込んでしまう店長。

変に考えすぎるところは店長の悪癖で、そこまで珍しいことではありませんが、先ほどの刺々しい対応を考えると、今回はいつもより重症なのでしょう。

店長が怒る理由は、常識的に考えればそれなりに思い浮かびます。

しかし思い浮かぶ範囲のことは、どれも普段の店長なら軽く流してしまいそうなもの。

普段は受け流せるようなことを受け流せない。

つまりそれだけの余裕がなくなっているのでは？

「店長。ずいぶんと気を張り詰めている感じがしますが、大丈夫ですか？」

そう問いかけてみると、店長は否定をしようとしたのでしょうが、言葉にならず。

少し自分の行動を省みた様子でため息をひとつ吐いた後、

「そうですね。少し、気を張りすぎていたみたいです」

と、私の言葉を認めました。

「気になることがあるのなら、聞かせていただけませんか？」

「今のままでも問題ないとは思います。だけど、念には念を入れて、という感じですね。たとえば、お店のことならカルムさんがいる。ここで引き合いに出すと陰口にもなりそうですが、もしこれがカルムさんではなく、先ほどの女性だったら、きっと僕はお店を任せる気にはなりません」

「それについては、まったくの同意見です。控えめに言って、彼女のお店は前情報の通り、〝周囲に支えられていたからこそ〟今まで続けてこられたのでしょう」

店長は頷く。これについて、我々の意見は一致しているようです。

「あまりお店にいない僕ですが、曲がりなりにも店長として、従業員の上に立つ者としては、経営を安定させてお店と従業員を守る責任があると考えています」

それが私には可能で、あの女性には不可能と店長は判断した。

これは〝店を任せられる〟と信頼している、という意味ですね。

「だけど予想外の事態や理不尽というものは、得てして突然やってくるものです。どんなに警戒に警戒を重ねても、我々が人間である以上、絶対、というものはない……そして何かを失うのはほんの一瞬。一瞬の不注意。一瞬の油断。一瞬にして、大切なものが取り返しのつかないことになる、なんてことは珍しくない」

「……」

それは歳を重ねた老人のような、経験や重みを感じる言葉。

それをごく自然に口にした店長は、苦笑いになり、

「なるべく予想外がないように、念には念を入れて。そんなことを考えていたら、自然と力が入っていたようです」

「やはり、こう街が荒れていては落ち着きませんか？」

「それは否定しませんが、結局は僕の性格の問題ですよ。僕もカルムさんも、街の人だって、誰もが治安の悪化を感じていて、各自で必要な対策をしている。手を抜いてるんじゃないか？　なんて疑ってるわけでもないです。けど、どこまで対策をしても〝まだ足りない〟と考える人もいるでしょう？」

「それは確かに」

「私も気をつけたいとは思います。とはいえ、そういうことを考えてしまうのが僕の性格なので、これからもよろしくお願いしますね」

と、悪戯に成功したような笑顔で仰る店長ですが、そんなことは今更いわれるまでもあ

りません。

「当然です。私はそのためにいるのですから」

そう言うと、店長はまた、そうでしたと笑いながら、店への道を戻っていく。

その背中には先ほどまでの重い空気は感じられず、僅かに足取りも軽かったように思いました。

特別書き下ろし・元課長の末路

「は、はっ！　はっ！」

苦しい……こんなに全力で走るのは何年ぶりか……

記憶の中にある自分は、もう少し動けたはずだが……っ！

「ゲホッ！　グフッ！　ゴフッ！」

冷たい夜風が勢い好く肺に流れ込み、呼吸が乱れてむせ返る。

全力疾走を続けた運動不足の体が酸素を求めたのだろう。

「はぁ、はぁ……」

足を止め、呼吸を落ち着ける事に専念せざるをえない。

「は、はっ、はぁ…………どうしてこうなった……！」

どことも分からない暗い夜道でただ1人。

呼吸が整うにつれて思考も明瞭になり、ここに至る経緯を思い出す。

■
■
■

会社の記者会見があった日の翌朝、

私は自宅でどうしようもない怒りと焦燥に駆られていた。

「クソッ！」

『先日、自宅で亡くなられた会社員――』

『竹林竜馬氏の働いていた――』

『世間では、これまで沈黙を貫いていた会社がようやく記者会見を行った、と――』

『なんと言えばいいやら、またしても不祥事ですか。しかも今度は社長が――』

『原因は記者会見の方針だそうで――』

テレビのニュースはどのチャンネルに変えても、前日の会社の記者会見と、その直前に起きたとされる傷害事件が取り上げられている。

本来ならばここで部下だった馬場が生贄となり、事を収める話になっていたのだが、これでは収まるものも収まらない。

「馬場の奴め、大人しく社長の言うことを聞いていればいいものを……社長も社長だ！　不祥事なんて適当な責任者を用意して切り捨てて見せれば、騒ぎたいだけの連中は納得してじきに騒動も治まるというのに……馬鹿正直に認めてどうする！　この能無しが！」

苛立ちを疲れるまで口に出した私は、そのままソファーに腰を下ろす。

「このままでは次に切られるのは私だ……どうする、どうすればいい？」

今は足元に転がる携帯には、早朝にもかかわらず上司からの連絡が入っていた。

『君はしばらく大人しくしていたまえ。与えられた仕事をして、それ以外は何もしないようにに。今、私から君に言えるのはそれだけだよ。では、そういうことだから』

（……こんな時に仕事なんてやってられるか！　だいたい今ある仕事なんて、竹林の葬式の準備くらいだ。元はといえばあいつが死んだから悪いのだ！　あいつが死ななければこんな騒動にもならなかった！　いつも体は頑丈だとか言っていたくせに、あっさり死にやがって）

不満と怒りの矛先を、今は亡き部下に向けて心を落ち着ける。それはヘビースモーカーが喫煙するように、私にとっては日常的なことであり、慣れ親しんだあたりまえの行為。

そうして心を落ち着けると、ふと思いつく。

「……いや、待てよ？」

私は仕事用のカバンを手に取り、中にあった葬儀関係の資料を取り出す。

「違う、これじゃな、ああ、これだ！」

せわしない手つきで抜き出したのは、いくつかの葬儀会社に依頼した見積書の束。そこに記された金額を見て、

「ふふふ……思った通り、人数分の飲食費や返礼品、お布施も含めてかなりの額だ」

一転して機嫌は良くなった。

(私の歳ではただでさえ再就職は難しいのに、こんな騒ぎになっては風評被害まで受けてしまう。退職金、慰謝料としていくらか貰ってやろう。どうせ潰れる会社の金だ、残しておいても意味はないしな)

こうして私は、葬儀費用の横領を決意した。

そしてその日の昼には、都内のファミレスで大学時代の友人と待ち合わせをした。

友人は大学時代のサークル仲間で、卒業後は葬儀会社に勤めていたのを思い出したからだ。

卒業直後はそれなりに連絡を取り合っていたが、段々と疎遠になり、長く連絡を取っていなかったが、幸いにも連絡先は変わっていなかったし、友人は昔と変わらず人がよく、呼び出しにもすぐに応じてくれた。

そして私は再開した友人に、横領の部分は隠して、事情を説明。さらに葬儀に関する相

談をしたいと話すと、友人はニュースで騒がれている会社に勤めているという事実を知って、私の身や今後について心配し始める。

ネット上では、課長だった私が酒に酔った勢いで竹林に対して暴力を振るっていたという記事もある。そのため協力を断られる可能性も考えていた。

しかし、幸いにも友人はネットに慣れ親しめないまま歳をとっていた。彼はニュース以上の情報を全く知らず、むしろネットの情報は嘘ばかりという偏見を持っていて、誰かからネットの噂を耳にしても、負けるなと何度も励ましてくる。

正直に言って、彼は私にとって非常に〝都合のいい〟協力者だった。

「この、参列者の飲食費の部分。もう少し安くならないか？　予算がちょっとな……」

「うーん……それなら、料理を1ランクか2ランク落としたコースの物にするか？」

「できるのか？」

「参列者、今回の場合は社員全員分って話だから、それでもそれなりの額になるし、質と社葬ってことを考えたら、俺としては今の見積もりの方がおススメだけどな」

「……すまないが、削れる部分は削る方向で進めたい。もちろんちゃんとした式ができる範囲でだが、今は会社も例の件で仕事が激減してるから、と遠まわしに上から言われてるんだ」

「ん、まぁ、そうか」

「無理を言ってすまない。ああ、あと可能な限り派手で豪華に見える式にしたい。竹林は派手で豪華なのを好んだからな。中身はともかく」

「派手で豪華に見えて実は安く？　見栄っ張りな人だったんだな……すまん。故人を悪く言うつもりはないんだ。ただ、そういう人なんだな、というだけで」

「大丈夫だ。分かっているよ」

　彼の事だから、本当に悪気はないのだろう。だが、たとえ悪気があったとしても構いはしない。竹林の奴がどれだけ誤解されようと、私は痛くもかゆくもない。どちらかといえば胸がすく。ついでに会社も、今となってはどうでもいい存在だ。私自身、いろいろと無理を聞いてもらうための口実に使っていることを考えると笑えてくる。

　それよりも話を進めてもらうと、だんだんと返答に困る内容も積み重なったため、そこでこの日は別れ、お互いに会社に話を通したり、調べ物をすることになったのだが……

　――思えばここからが間違いだったのかもしれない。

「おい田淵！」

「はっ、はい！」

会社に戻(もど)った私は、真っ先に竹林と最も親しかった田淵を呼びつけた。

「なにかありましたでしょうか？」

「お前、竹林がどの宗教のどの宗派か知ってるか？　葬儀場(そうぎじょう)の準備で必要なんだよ」

「そういう話ですか……すみません。分かりません」

「お前もか？　チッ、使えないな」

「すみません」

「仕方ないな……じゃあ、あいつの家に仏壇(ぶつだん)はあったか？　仏壇を見ればプロなら大体分かるんだそうだが」

「それなら確か、主任のお母さんの仏壇がありましたよ」

「そうか、なら今日中に、あいつの家に連れて行け」

「きょ、今日ですか⁉」

「仏壇の写真を撮(と)って葬儀の参考にするんだ、こっちは急ぐんだよ！」

「……わかりました」

「管理会社に連絡して、入れるように手配しとけよ」

「はい。大家さんに連絡してきます」

そう言って、田淵は自分の席に戻っていく。

——もしこの時、自分を連れて行かせるのではなく、田淵に〝写真を撮ってこい〟と命令していれば、今、こんなことにはならなかっただろう。


そして夜。

自分の車の助手席に田淵を乗せて、竹林の住んでいたアパートから最寄の駐車場に向かう。

到着すると、そこには無愛想な爺が待っていた。田淵に聞くと、アパートの大家らしい。

大家の爺は田淵に対しては親しげだが、私に対しては敵を見るような目を向ける。

非常に不愉快で、いい大人が人見知りかと言いたくなったが、それよりもさっさと仏壇を撮影して帰ることにする。いろいろと私も疲れていたのだ。

そして案内された竹林の家に入り、仏壇のある部屋を訪れた直後、

「あがっ⁉　〜〜〜〜‼‼」

右足の小指から全身に鋭い痛みが走った。

「だっ、大丈夫ですか⁉　課長⁉」

「～～！　うるさい！　この程度でいちいち騒ぐな！　しかし、なんだこの、横に長い妙な箪笥は。邪魔だ！」

「ああ、これ刀箪笥ですよ。刀を入れておく箪笥です。主任のお父さんって刀匠だったらしくて、お父さん自身が作った刀を遺品として持ってましたから。普通の刀と、あと脇差かな？　短いやつが1振りずつ。

前に見せてもらいましたけど、すごく綺麗で、僕思わず刃に触りそうになったことが」

「そんなことは聞いとらん！」

「で、ですよね……」

「さっさと撮影して帰るぞ！」

こんな所には1分1秒たりとも長くはいたくない！

そう思って撮影を始めようとしたところ、大家の爺が茶を勧めてきた。

「おい田淵、お前、あの爺の相手をしてろ」

「僕がですか？　普段こういう時って、僕が作業を」

「私はさっさと帰りたいんだ！　しかもあの爺、私には嫌々なのが丸分かりだろう！　いいからカメラをよこせ！」

田淵に持たせていたカメラを奪うと、田淵は分かりましたと言って爺の所へ。

そして田淵は爺に美味い菓子が手に入ったと誘われていたようだ。

下の階にいるから、帰るときに声をかけてほしいという言葉を無視して撮影に入る。

だが、プロでもない人間の撮影なんて、そう長い時間をとるものでもない。

適当に正面と横から、そして細かい部分に分けて十数枚の撮影で、すぐに終わってしまう。

そして、さっさと帰ろうと部屋を出ようとして、

「あがっ⁉　〜〜〜〜‼‼　またこの箪笥か！」

今度は左足の小指から全身に痛みが走る。

「くそっ！　本当に邪魔な……」

痛む足を抱えて箪笥を睨む。そこでふと思い出したのは、葬儀屋の友人の話。

「そういえば、宗派や地域によっては〝守り刀〟を置くとか言っていたな……今はレンタルの模造品を使うのが普通らしいが、家に伝わるものがあればそれを使う場合もあるとか」

どうせなら田淵の話していた短刀で守り刀のレンタル代も省きたい、と思いつつも、遺品を勝手に持ち出すわけにもいかん。その程度のはした金で窃盗まで犯すのは割に合わん。

何よりも竹林の私物なんて触れたくもない。

だが、そうは思いつつも……私は刀箪笥に手を伸ばしていた。

――ここでその考えのまま、帰っていればまだ引き返せたかもしれない。

私は元々、刀に興味はなかった。

ただこの時は田淵の話を思い出し、多少の興味はあったかもしれない。

だが、それよりも二度も痛みを味わった腹いせに扱き下ろすつもりだった。

竹林が後生大事に持っていたという父親の遺品。それが大した物ではないと。

誰も見ていない。誰も聞いていない。だがそうすれば、自分の中の憤りが少しは収まる。

そう思って取っ手を引けば、するりと滑らかな感触と同時に、桐の香りが鼻をくすぐる。

現れたのは、鍔がついた日本刀のイメージとは違う、簡素な木製の鞘に入った刀。

その地味さにやはり大したものではなさそうだ、と胸がすいた。

次に、一応中身も見てやろうと刀を取り出して抜いてみる。

そして……私は言葉を失った。

鞘から引き抜かれた刀身は、表現する言葉が思い浮かばないほどに美しかった。

田淵の〝綺麗で〟という表現を聞いた時は、陳腐で語彙力に乏しい奴だと馬鹿にした。

実際にそんな言葉ではこの美しさは形容しきれないだろう。

しかし、馬鹿にした私自身にも、この美しさは表現できない。

表現しようとすれば、やはり綺麗だとか美しい、という陳腐な表現になってしまう。

まるで物理的に目を吸い寄せるように、人を没頭させる。

これはあの忌々しい竹林の私物、でも、そんなことがどうでも良くなる。

何もかもが頭から吹き飛び、何時間でも見ていられる……

……次に正気を取り戻した時、私は自宅に帰っていて、両手には刀と短刀を握り締めていた。

私は動揺した。いつの間に家に帰ったのか、何故この刀を持っていたのか。まったく記憶がない、かと思えばうっすらと思い出してくる。私はあまりの刀の美しさに見惚れて、衝動的に刀と短刀、その所持に関する保証書などをまとめて盗み出していたのだ。

あの時、下の階には田淵と大家の爺がいたはず。私が刀を盗んだことに気づいたのでは？

だが、その少し後に、人のいない夜道を駆けて、刀をトランクに押し込む自分の行動。

そして何食わぬ顔で茶と世間話をしていた2人の所へ行き、田淵を車に乗せて帰ったのを思い出す。

「バレてはいない、か？　なら、気づかれないうちにどうにか」

返そう、と考えると、凄まじい抵抗感が襲ってきて、刀を抜いてしまう。

即座(そくざ)に訪れる多幸感。この輝(かがや)きを見ていると、返そうという気持ちが薄れていく。

私は心が落ち着いてからもう一度考えることにした。

が、それとは別に、これほど美しい刀の価値というものが気になり始めた。

そして調べてみると、どうやら竹林の父親は天才的な腕前(うでまえ)を持っていたらしい。

若くして数多くの賞を受賞し、〝将来は確実に人間国宝になれる〟とまで言われ……

調べれば調べるほどに、現役(げんえき)時代、若手としては異例の評価を受けていたことが分かる。

例えば現代で新しく作られる刀、〝現代刀〟は製作者によって価値は変わるが、安いものは1本数十万円から百万前後。だが竹林の父、竹林武蔵(むさし)氏が打った刀は現役時代でも1本数百万が当たり前。今では現存する作品に1千万前後の値がつき、さらに数倍の値を払(はら)ってもいいという熱狂的(ねっきょうてき)なファンまでいるようだ。

たかが刀1本にそこまで、と考えてしまったが、手元にある刀の美しさを考えれば納得(なっとく)もしてしまう。

惚れ込むような美しさに加えて、資産価値も高い。

この時点で私の頭から、刀を返すという選択肢(せんたくし)は消えていた。

そしてこの日から、あらゆる物事が順調に進むようになった。

日々の仕事も、葬儀の準備も、横領のための細工も、想定以上の結果が出る。

盗んだ刀と短刀が私にとって、なくてはならないものとなるのに、長い時間は必要なかった。

そして1週間後……葬儀の当日。

この日は朝から社葬の責任者として、私は葬儀の式場に詰めていた。

準備はほぼ全てプロである葬儀屋のスタッフが代行してくれたが、それはそれ。

社葬の責任者として段取りの最終確認や打ち合わせなど、やることは山積みだった。

時間があっという間に過ぎていく中で、

「お疲れ様。少し休んどけよ」

式の前に僅かな時間ができた。

私は友人への対応もそこそこに、預けた短刀を保管してある部屋へと向かう。

「はぁ、あった、良かった……」

しっかりと保管されているそれを手に取り、鞘から抜き放つ。

ああ、この輝きだ。眺めるだけで心が満ち足り、安寧を得られる。最初は地味に感じたこの鞘も悪くないと思えてきた。この木の鞘は〝白鞘〟と呼ばれ、目的は刀を保存するためらしいが、余計な塗装や装飾がなく、無垢なだけに鍛えられた刃の美しさが映えるのかもしれない。

ああ、もう肌身離さず持っていたい。もう1本の刀もいまや、自分の車に積んでいないと落ち着かなくなってきた。この短刀も他人に預けたのが間違いとすら思う。これほどの輝きが誰かの目に留まり、盗まれてしまうのではないかと気が気ではなかった。何せ私も我慢できずに盗んだのだから……

「あ、あ？」

何故、だ？　何で私は、盗んだ短刀を預けたりしたんだ？　模造短刀のレンタル料なんてたかが知れている。竹林のためには1円も使いたくないが、リスクが……いや、それよりも私は何をしていた？　社葬の準備をして……？　他に、何を……

ふと頭をよぎる疑問。だがそれもまた、輝く刀身を見れば、

……まあいいか、別に騒がれてもいないし、誰も何も言ってこない。全ては順調だ。なら、どうでもいい。

「あっれ？　課長じゃん」

「!!」

誰かと思えば、騒ぎが起きてから出社しなくなっていた、コネ入社組の部下の1人が立っていた。

「く、倉敷君？　どうしてここに……」

「タバコ、吸えるとこ探しててさ。つーか、課長こそ何やってんの？　てか、カッケェ！　なにそのナイフ」

「これは、守り刀といって、葬儀で使うものだよ。大事なものなので、確認をね」

「ふーん……あ、そうだ。知ってる？　あのオッサンの親父って、なんかめっちゃ有名な刀鍛冶だったらしいよ」

「！　そう、なのかね？」

「マジだよマジ。ここ最近さー、俺、うちの親父から謹慎しろって言われてて？　家から出してもらえなかったんだよ。だから部屋でネットばっかしててさ。そうなると絶賛炎上中のうちの会社の記事とか目に入るじゃん？　なんかあのオッサンのことまで、すげー調べられてんの。マジでウケるわ」

「へ、へぇ、それで？」

「調べてみたら、これがマジでパネェの！　あの口煩いオッサンの親父の刀って、1本で1千万くらいするんだと。それ知った時は思ったね。もうちょっと愛想良くしてさ、ほら、あの小太りの田淵みたいにオッサンと仲良くなっとけば、刀譲ってくれたかなーって」

「ほ、おう……」

「なんかさ、あのオッサン、親父の形見とかで持ってたみたいなんだよね、1千万の刀」

心臓が痛いほどに跳ねる。

目の前のこいつは、竹林武蔵氏の刀の価値を知っている。

そして竹林がその刀を持っていたことも知っている！

もしも、

「あ、もしかしてさ、そのナイフがそれだったりする？」

「――！」

「だとしたら課――へっ？」

突然のことに、倉敷は呆気にとられたような表情。

おそらく、この時は私も同じ顔をしていただろう。

なぜなら私の意思とは関係なく、私の握った短刀が、倉敷の肩を突き刺していたのだから。

「う、わぁぁあああっ!!!」

「!!」

倉敷の痛みに悶える叫びで我に返る。

「だ」

大丈夫か、と声をかけようとしたが、言葉が出ない。

そもそもそんな言葉をかけてどうするのか。そんなことよりも傷の治療が必要。

いや、しかし、こんなところを見られては、

「いてぇ……な、何してくれてんだよ、てか、何マジになってんだよ！　ま、まさか本当に？　おい！　来るな！　来るなよ！」

「……美しい」

ふと手元に目を落とすと、人体を易々と貫いた短刀があった。その輝きは人を刺しても衰えることなく、むしろ引き抜いた際に飛び散り、付着した血潮の赤々とした色が混ざり、妖しげな魅力を放っていた。

凄い、これこそが刀の真の輝きだったのではないか？　見たい、もっと見ていたい、もっと、もっと、もっと……

「はは、ははははっ……」

「や、やべぇ。マジでヤベェ。誰かぁあ!!!!　誰か助けてくれェ!!!」

「ッ！」

ま、待て、いかん、こんなことをしている場合じゃないだろう！

自分はいったい何を考えていたのか、とにかく今の状況をどうにかしなければ。

そんな思いが頭の中を巡るが、

「なんだ今の声⁉」

「悲鳴っぽかったけど、葬儀場で悲鳴とかちょっとヤダぁ〜」

「何かあったのかな？　ちょっと見てみようぜ」

「つーか、今の倉敷の声じゃないか？」

外から大勢の人の声が近づいてきて、

『逃げろ』

私は咄嗟に駆け出していた。

「うわっ⁉」

「どけ！」

「何だハゲじゃ――」

「――きゃっ⁉　あああああっ!!!!?」

「ぎゃっ⁉」

「邪魔だ!!!!!!」

駆けた先で屯していたコネ入社組を押しのけて進み、駐車場へ。

式の参列者が続々と到着していたそこでは、視線が自分に集まるのを感じた。

叫び声も聞こえた気がするが、確認をしている余裕はない。

「どうすればいい、どうすれば、どうすればいい？」

自分の車へと駆け込みエンジンをかけ、当てもなく街中に飛び出した後は、ひたすらそれだけが頭の中にあった。

少しでも心を落ち着けられればと、ラジオをつければ、

『臨時ニュースをお伝えします。先ほど都内のある葬儀場で、傷害事件が発生しました。犯人は――』

なぜか、早くも先ほどの行いがニュースとなって流れていて、気をとられた拍子にハンドルが狂い、曲がりきれなかった車は歩道に乗り上げた勢いのまま、街路樹に衝突して止まった。

幸いにもエアバッグで助かった私は、車を捨てて、大切な刀だけを抱えて逃走を続け――

■　■　■

――そして、今に至る。

どうしてこんなことになったのか……今思えばそれは明らか。

全ては〝竹林に関わったから〟だ。あいつは私にとって、常に疫病神のような存在だった。

私は幸せだった。裕福な家庭に生まれ、幼い頃から何不自由なく育ち、学生時代は成績優秀、スポーツもそれなりにはできた。そして何よりも幸運だった。大学時代には力になってくれる友人も多くいて、就職活動ではいわゆる就職氷河期に入っていたにもかかわらず、これといった苦労はしなかった。

そんな順調な人生が、ある日から崩れ去る。

忘れもしないその日こそ、私が竹林と出会った日。

竹林は私と間逆で、とてつもなく運の悪い男だった。

そしてそれに巻き込まれ、幸運が不運で打ち消されるように、私まで不幸になった。

あいつがいると何もかもが上手くいかない。私の業績は徐々に落ちていった。

取り戻そうと私なりに努力をするも、結果は出なかった。

友人とは疎遠になり、部下には舐められ、妻には捨てられた。

だからこそ、上の者には媚び諂い、下の者には怒鳴りつけて威厳を示し続けた。

続けなくてはいけなかった。そして日々を重ねるうちに、私は孤独になった。

その鬱憤を晴らすように、竹林に苛立ちをぶつけると何よりも気分が良くなった。

だが、何をされてもへらへらと耐える奴を見ていると、再び気分が悪くなる。

せめて泣いて謝るなりすれば、もう少し手心を加えても良かったものを。

あいつは死んだ、私に最後まで迷惑をかけながら。

だが、これで良かった、これでまた幸せな日々に戻れる。

実際にここしばらくの運は良かった。まさに昔に戻ったようだった。

……なのに、今の私はどうだ？

埃と返り血で汚れた喪服に、心の支えは盗んだ刀と短刀が1本ずつ。

人を刺して逃げた以上、犯罪者として追われることになる。

現場では大勢の顔見知りに見られている。行く当てもなければ逃げ場もない。

「どうして、ここまで落ちぶれたのか……」

そう呟いた瞬間、私は不意に強い光、続いて強い衝撃を受けた。妙にゆっくりと流れる時間と鳴り響くブレーキ音は、自分が車に撥ねられたと理解するに十分。

痛みすら感じない体に自らの人生の最期を悟り、生まれたのは〝後悔〟。

（ああ……こんなことなら、最初から竹林とかかわらなければ良かった……）

心からの後悔を胸に、私の意識は途絶えた。

■■■

1週間後。

私は死んでいなかった。

目を覚ますと病院のベッドに繋がれていて、そのまま説明を受けた。

症状は全身打撲に複雑骨折で、傷は深いが命に別状はない。

ちゃんとした治療とリハビリを受ければ、日常生活は送れるようになる。

しかし、意識を失っている間に私の余罪が追及された。

竹林の刀を盗み、所持していたことで、〝窃盗〟と〝銃刀法違反〟。

葬儀場で倉敷や他のコネ入社組を斬りつけたことによる〝傷害〟もしくは〝殺人未遂〟。

犯行現場から逃げた時に犯した〝道路交通法違反〟。

準備していた横領は、葬儀費用の支払いが式前に行われていたため〝横領罪〟も成立。

この日、私は死ぬことすらできないまま、治療後は刑務所での生き地獄という、〝人生の終了〟を告げられたのだった。

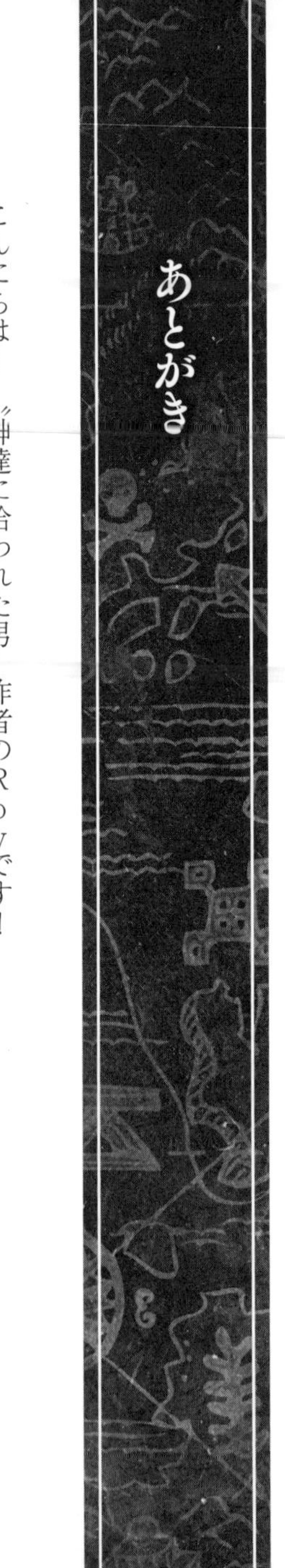

あとがき

こんにちは！　〝神達に拾われた男〟作者のＲｏｙです！

読者の皆様、「神達に拾われた男　9」のご購入ありがとうございました！

今回でマッドサラマンダー編は無事終了。振り返ってみると、そんなにマッドサラマンダーは登場も活躍もしませんでしたが、リョウマはのどかな漁村での日々を楽しめたようです。

しかしギムルに帰ってみると街の雰囲気は暗く、白昼堂々犯罪が横行。留守の内に荒れていた街にショックを受けた様子。本人は嘆(なげ)いてばかりはいられない！　と、気を引き締めたようですが……なんだかこれまでのリョウマらしくない言動が目立ちます。

理想を追い求める時は、楽しいこともあるけれど、決して楽ではないでしょう。多くの場合、現実という壁に阻まれてしまうもの。また現実を見なければ壁を乗り越えることは叶わず、理想はただの妄想で終わってしまうでしょう。

理想と現実、その狭間で揺れ動くリョウマは今後、街の治安悪化という問題がある中で、

どのように対応していくのか⁉

……なんちゃって。そこまで深く考えても考えなくてもいいので、皆様どうかお好きなようにお楽しみください。

そして現実といえば、「神達に拾われた男」のＴＶアニメが、２０２０年の10月より放送開始予定です‼　既に公式サイトができ、徐々に情報が公開され始めていますし、個人的にも楽しみにしています！

皆様、今後ともどうぞ〝神達に拾われた男〟シリーズをよろしくお願いいたします。

『王の菜園』の騎士と、『野菜』のお嬢様

お互いの気持ちを知り、結婚へと動き出したリュシアンとコンスタンタン。
しかし、隣国の王女が輿入れする影響で婚礼用品の買い占めが発生。
ドレスも指輪も手に入らなくなってしまう。
しかも、王の菜園での新事業開始も近づいて二人は大忙し!
そんな中、新しい侍女ソレーユの秘密もばれてしまって――
堅物騎士とお転婆お嬢様の恋物語、
ハプニング満載な第3幕!!
2020年秋、発売予定!!

著／保利亮太
イラスト／bob
ウォルテニア半島に
居を据えた
御子柴亮真の
躍進は続く――。
2020年秋　発売予定！

コミック版も好評連載中！
漫画：八木ゆかり
原作：保利亮太
キャラクター原案：bob
コミックス
①～⑥巻発売中!!
コミックファイア公式サイト
http://hobbyjapan.co.jp/comic/
ウォルテニア戦記XVII

コミカライズも連載中の
スナイパー英雄譚！
著／かたなかじ
イラスト／赤井てら
漫画：瀬菜モナコ
原作：かたなかじ　キャラクター原案：赤井てら
発売予定!!

魔眼と弾丸を使って
異世界をぶち抜く!
第9巻 2020年秋

HJ NOVELS
HJN27-09

神達に拾われた男 9

2020年8月22日　初版発行

著者――Roy

発行者―松下大介

発行所―株式会社ホビージャパン

〒151-0053
東京都渋谷区代々木2-15-8
電話　03(5304)7604（編集）
　　　03(5304)9112（営業）

印刷所――大日本印刷株式会社

装丁――coil／株式会社エストール

ISBN978-4-7986-2270-5　C0076

ファンレター、作品のご感想お待ちしております

〒151－0053　東京都渋谷区代々木2－15－8
(株)ホビージャパン HJノベルス編集部 気付
Roy 先生／りりんら 先生